# MON VAGABOND DE LA LUNE

## OUVRAGES DU MÊME AUTEUR

*Kfar Sama, village du Liban,* Éd. Pierre Téqui, 1983.

Également en vente aux Éditions Pierre Téqui, une cassette C 60 *Kfar Sama,* réalisée avec le concours de Jean Piat et qui donne de larges extraits du livre (82, rue Bonaparte - 75006 Paris). (Traduit en anglais, allemand, italien et arabe).

*L'Enfant du Liban,* Éd. Fayard, 1986.

*Deux maison pour rien,* Éd. Fayard, 1991.

*Mon pays au passé simple,* Éd. Fayard, 1992.

L'ensemble de l'œuvre littéraire et humanitaire du Père Labaky a reçu une « Mention spéciale » du Jury pour le Prix international des Droits de l'Homme décerné par *La Croix* en 1987 ; elle a été couronnée par l'Académie française en 1989, puis a reçu, en 1990, le Prix d'Action sociale décerné par l'Académie des Sciences Belles-Lettres et Arts de Lyon.

« LES ENFANTS DU FLEUVE » :

une collection qui fait connnaître l'enfance et la jeunesse meurtries de notre temps.

(Prix scientifique de la Fondation pour l'Enfance, nomination 1993.)

*Consulter la liste des ouvrages de la même collection en fin de volume.*

Père Mansour LABAKY

# MON VAGABOND DE LA LUNE

*Collection Les Enfants du Fleuve*
dirigée par Jean-Claude Didelot

FAYARD

# INTRODUCTION

Rencontrer un enfant, c'est approcher un rivage tout juste libéré par l'océan. Bien peu prêtent attention aux perles fragiles qui scintillent encore un instant avant que le soleil du jour ne vienne les assécher, ou aux coquillages délicats timidement ouverts. Un bruit, un rien, et les voici qui se ferment pour toujours. Merveilles mêlées sous l'action des forces cosmiques du soleil et de la lune, les rivages vivent entre deux marées un perpétuel recommencement. Nous avons si peu de temps pour les admirer et les aimer !

Parfois, un promeneur solitaire, levé avant la foule, s'approche respectueusement, saisi par la noblesse de cette minute suspendue dans le temps. Alors, l'homme retrouve le chemin d'un dialogue pudique avec la nature des origines. Un regard trop insistant et le contemplatif se transforme en voyeur. Un pas de trop et le sable humide devient cette plage vulgaire qui, tout à l'heure, sera envahie. Plus tard, lorsque sonnera l'heure des combats et du vacarme, l'homme n'oubliera pas ces instants de grâce qui ont ouvert son cœur et ses yeux à d'autres merveilles.

Ainsi, certains savent reconnaître l'enfance et suspendre leurs pas à l'orée de ce mystère. Ni indifférents ni indiscrets, ils accompagnent, attentifs au flux et au reflux des sentiments qui agitent l'âme enfantine qu'ils se donnent mission de rendre libre. Mission royale lorsqu'elle est comprise comme une icône de la Paternité de Celui à qui nous osons dire « Notre Père ». C'est pour cela que les prêtres, et plus généralement tous ceux qui sont proches du Seigneur, savent d'instinct exercer ce ministère de proximité. Parfois, lorsque la guerre, les catastrophes ou les dérives de nos sociétés malades viennent détruire les familles, leur paternité s'exerce au-delà du seul domaine spirituel. Un don Bosco et ses salésiens, un père Brottier et ses *Orphelins Apprentis d'Auteuil,* un René Péchard et ses *Enfants du Mékong,* jalonnent la route pavée de tendresse et de larmes où cheminent, main dans la main, adultes au cœur d'enfant et enfants trop tôt adultes.

Le père Mansour Labaky et son *Vagabond de la lune* sont bien de ce peuple et de cette route ! Tous ceux qui ont appris à aimer son pays dans ce merveilleux *Enfant du Liban* qu'il nous avait déjà donné retrouveront ce ton inimitable à la frontière du sourire et des larmes. Tous ceux qui connaissent l'enfance en détresse reconnaîtront — par-delà les circonstances d'une situation particulièrement tragique — la fraternité pitoyable qui unit les orphelins, les réfugiés, les abandonnés et les mal-aimés. Certains, parce qu'ils ont su passer de l'indifférence à la compassion, et de la compassion à la charité, revivront ces minutes où un petit d'homme, que le destin leur confie, hésite entre la fuite et la confiance. Si souvent, il a été trompé ! Pour l'apprivoiser, les mots ne suffisent plus, les actes non plus. Il faut une présence attentive et discrète. Il faut que naisse la certitude de valoir plus que tous les autres : petit agneau craintif égaré dans la montagne et que le berger doit mériter au terme d'une quête harassante pour laquelle il a dû laisser le reste du troupeau. Comme il connaissait bien les enfants Celui qui, le premier, a imaginé cette parabole ! Et comme Il savait qu'il y aurait des Mansour Labaky qui la vivraient à Son image !

Jean-Claude Didelot

# PRÉFACE

# Mansour ou le vagabond de la charité

Ce Milad, « vagabond de la lune », est un orphelin de neuf ans. Il est sans doute l'un des orphelins les plus démunis. Il sent toujours la mort sur lui. Il a non seulement perdu ses parents, mais il ne les a même pas connus. Il n'a d'eux aucune image, aucun souvenir, rien. Il ne sait pas auquel des deux il ressemble. Il est vide de tout ce qui n'est pas son rêve : le rêve de parcourir les océans, sur le dos d'une baleine qui doit finir par le conduire sur le chemin de la lune.

Milad vit avec une pauvre grand-mère, la téta, qui, malgré les efforts et les sacrifices qu'elle multiplie, ne parvient pas à lui faire sentir qu'elle l'aime. Et lui-même ne sait pas qu'il a (ou qu'il pourra avoir) pour elle un élan sans geste ni parole, comme une graine dure qui tarde à germer.

Le père Mansour Labaky découvre un jour, adossé au portail de l'école qu'il dirige, ce petit bonhomme baigné de pluie et de mystère, protégeant dans son mutisme entrecoupé de rares propos l'univers familier, fait d'eau et de soleil, qu'il porte en lui.

Rencontre laborieuse suivie, d'étape en étape, d'autres tentatives de dialogue, à travers des départs, des retours et des recommencements. Le prêtre n'a pas toujours le dernier mot. Mais avec précaution, avec patience, avec toutes les ressources d'un cœur innombrable, il fait peu à peu découvrir à l'enfant qu'il a aussi, lui Milad, un cœur qui peut contenir l'univers entier et qu'il lui suffit d'aimer un seul être pour les aimer tous.

Ainsi, le « vagabond de la lune » apprend que « peut-être, il aura un jour en lui tant de monde qu'il éclatera comme un soleil qui s'éclabousse sur la mer ».

Merveilleuse histoire que celle-là : celle de la naissance et du cheminement de l'amour au-dedans d'un petit être d'abord fermé sur lui-même et « rempli d'absence », et peu à peu séduit, conquis, « apprivoisé », dans le sens que donne à ce mot *Le Petit Prince* de Saint-Exupéry. Mieux : converti à la lumière et transfiguré.

Le livre finit sur une dernière rencontre du prêtre et de Milad qui lui dit :

« Voilà. Je ne te l'ai jamais dit. Je ne l'ai jamais dit à personne. Je voudrais te dire que je t'aime. Je voudrais te le dire comme tu le dis aux enfants. Peux-tu te pencher s'il te plaît ? Encore ? Encore un tout petit peu ?... Voilà ! »

« Et, ajoute le prêtre, il traça un signe de croix sur mon front. »

*

Oui, émouvante et passionnante histoire, racontée sur fond de drame, le nôtre, celui de notre temps et de notre pays, avec son inhumanité qui nous réduit à l'état sauvage, nous tous, grands et petits. Les plus âgés d'entre nous, elle les coupe de tout leur passé. Les plus jeunes, elle les prive de tout avenir.

Le père Labaky évoque les misères qu'il côtoie de près, les souffrances qu'il tâche de soulager. Mais, avec le même pouvoir d'évocation, il montre les raisons de vivre de notre pays. Les beautés de la nature, certes, mais aussi la présence constante du surnaturel et l'effort humain ou surhumain qui nous permet de dominer notre mal ; l'effort qui nous permet d'affronter nos maux, en nous aidant de notre foi, de notre espérance et surtout de toute notre charité.

Mansour Labaky, qui vit et agit comme il rêve et comme il aime, est lui-même comme un vagabond de la charité.

Fondateur d'œuvres sociales, constructeur de *foyers de la joie*, ce prêtre est aussi un poète et un chantre. Dans ses cantiques, il chante Dieu. Dans ses romans, il chante le Liban. Dans les uns et les autres, il est inépuisable.

Ecrivain, il a un langage à surprises. Au coin des pages et des phrases, ce sont des tournures inattendues qui nous attendent. Il invente sans effort, comme naturellement, des formules heureuses qui atteignent, en nous, la région la plus sensible. Ce qu'il dit est bien ce que nous aurions voulu dire nous-mêmes. Ce qu'il a de plus neuf résonne comme un chant très ancien. Nous achevons la lecture de son livre (de ses livres) en éprouvant, pour les hommes et les choses, une tendresse semblable à la sienne : une tendresse qui est la rayonnante image d'un éternel amour.

Si le sort s'acharne contre nous, nous savons cependant que des Mansour Labaky comme celui-ci valent au Liban un état de grâce, dont aucun pêché de haine ou de violence ne peut triompher.

Charles Hélou
le 14 juin 1988.

La vieille téta[1] racontait... racontait... racontait...

Mais Milad n'écoutait pas.

La vieille téta racontait le Liban d'autrefois, le Liban d'avant la guerre, nappé de bleu et d'or, éblouissant comme un soleil...

Mais Milad n'écoutait pas. Il n'avait que faire des inépuisables moissons d'*hiers*, engrangées dans l'âme de sa téta et dont elle nourrissait sa vieillesse. Lui n'avait pas d'hiers. Il n'avait pas de parents, pas de frères, pas de sœurs, pas de village enchanté ni de vieille maison habitée, comme l'âme de sa téta, de souvenirs qui traçaient son histoire et lui donnaient un air de temps mêlés : un air de permanence.

Milad ne possédait rien, ne s'attachait à rien, mais il était heureux à sa manière, s'isolant dans son monde à lui ; un monde

1. Téta : grand-mère.

sans amarres, oublieux de ses errances, car en fait de souvenirs la guerre ne lui laissait que des cauchemars, et il ne pouvait garder la nostalgie de la peur, de la faim, des bombes, des fuites en avant, puis en arrière puis de nouveau en avant, puis de nouveau en arrière, le long d'une côte qui ne lui offrait de permanent que la mer.

A défaut de maison, Milad naquit dans un chalet de plage qui ne gardait, de ses hiers enchantés, qu'une chaise longue embruinée et plus mousseuse qu'un bord de rivière. Mais que lui importait d'être né là ou ailleurs, du moment que sa mère n'avait pas attendu son premier cri pour mourir.

Personne ne célébra sa naissance. Personne ne lança à la ronde les traditionnelles vocalises d'allégresse. Personne n'offrit l'arak[1] et n'entreprit la confection du meghlé[2]. Personne ne lui souhaita longue vie, bonheur et merveilles. Les quelques femmes rassemblées là, par le hasard des exodes, se mirent à repleurer leurs morts en veillant cette jeune inconnue, jeune et belle à maudire tous les faiseurs de guerre de la terre. Entre les bombes, le déluge de cette

1. Arak : boisson nationale.
2. Meghlé : douceur préparée lors des naissances.

nuit particulièrement noire de décembre, le vacarme d'une mer déchaînée et les gémissements du chalet qui semblait sur le point de s'effondrer, c'est à peine si elles percevaient les cris du nouveau-né. Assises par terre, les mains ouvertes sur les genoux, elles mélopaient leur douleur en se balançant d'avant en arrière, comme pour bercer ce qui leur faisait si mal, là, dans la poitrine, là où autrefois levait en permanence un chant immuable et tendre qui prononçait la vie.

A l'aube s'éteignirent leurs voix, les bombes, le vent et la pluie. Un dernier tison crépita dans la boîte en fer blanc qui servait de brasero, et il n'y eut plus qu'un grand silence, comme si le ciel et la terre avaient cessé de respirer.

Alors la téta enveloppa Milad dans son châle et lui raconta son père, mort par la guerre, et lui raconta sa mère, morte par la guerre, puis elle enfouit ses blessures au plus sombre de sa mémoire et n'en parla plus jamais.

*

De plage en plage, Milad poussa comme algue au vent, éclaboussé d'embruns, de tempêtes, de soleil ou de brume. Il ne se demandait pas pourquoi un jour il était là, et le lendemain ailleurs. Pour lui le Liban n'était qu'un sol qui fuyait sous ses pas, et il suivait le mouvement, indifférent aux toits qui l'hébergeaient et qu'il ne put jamais appeler « maison ». Il ne retenait même pas les noms des localités qu'il traversait. Elles se ressemblaient toutes. Elles portaient toutes les stigmates de la guerre et leurs maisons prenaient un air d'absence, comme les vieux dépossédés de mémoire, pour qui le temps n'est qu'un point fixe, les clouant dans le silence des êtres à jamais recouverts de nuit.

Milad ne semblait pas terrorisé par la guerre. N'ayant rien connu d'autre que pluies d'obus, habitations éventrées, corps ensanglantés et lamentations, il croyait que c'était cela, le monde, et les histoires de sa téta rejoignaient, dans sa tête, les contes de fée, les « pas vraies », les « pour endormir les enfants », qu'elle débitait d'une voix d'autant plus tremblée qu'elle se voulait joyeuse. Milad ne les écoutait pas, parce qu'elles lui masquaient une histoire autrement plus essentielle, la seule qu'il aurait aimé entendre. Ce n'était ni les paysages, ni les chants, ni les traditions, ni même la paix d'antan qui l'intéressaient. C'était une histoire de visages et de voix. Les visages et les voix de ses parents. Ne suffisait-il pas qu'ils soient morts ? Pourquoi la vieille les ensevelissait-elle doublement de silence ? Craignait-elle que son petit-fils ne prît trop tôt et trop définitivement conscience d'une perte que personne ne pourrait combler ? Craignait-elle de lui parler de la mort ? Milad ne savait que trop qu'il était orphelin. Et des morts, il en avait vu en pagaille. Mais les morts avaient d'abord été vivants, et les autres réfugiés parlaient d'eux comme s'ils étaient encore présents, ou plutôt comme s'ils voulaient les empêcher de partir pour de bon. De sorte que même ceux qui ne les avaient pas connus savaient ce qu'ils aimaient, disaient ou faisaient. On les voyait VIVRE devant soi et on pouvait, à la longue, les imaginer dans un autre monde, sans ressentir l'immense vide que laissent des morts sans visages et sans voix.

Parfois la vieille murmurait : « Comme tu lui ressembles. » L'espoir soudain en suspens, Milad implorait : « A qui, téta, dis-moi à qui je ressemble ? » Il aurait voulu savoir si elle parlait de son père ou de sa mère. Il avait essayé des milliers et des milliers de fois de se les représenter vivants, bougeant, parlant, LUI parlant. Mais comment VOIR des êtres qu'on n'a jamais connus et que personne ne vous raconte ?

« Eux non plus ne m'ont jamais vu. Pas un instant je n'ai habité leur vie. Pas un instant ils n'ont habité la mienne », constatait Milad avec stupeur. Et leurs photos étaient restées dans un village de montagne qu'il ne connaissait pas, un village dont il était inutile de retenir le nom, puisqu'il n'existait plus.

Les autres réfugiés, grands et petits, ne rêvaient que de reconstruire leurs clochers, leurs maisons, leurs jardins, leur paix, leur histoire. Milad ne voulait rien reconstruire. Rien, à part deux visages qu'il emporterait loin de ce pays où il n'avait pas plus de racines que les galets qu'il ramassait sur les plages. Il partirait un jour, cela était sûr. Mais avant...

« Téta, les gens disent que parce que leurs traits se mêlent en leurs enfants, les parents finissent par se ressembler. Dis-moi, téta, à qui je ressemble ?... A papa ?... A maman ?... Ou bien aux deux à la fois ?... »

Mais la vieille ne répondait pas et Milad avait la certitude que ce n'était plus lui qu'elle regardait, mais un autre enfant qui prenait sa place, une place déjà si insignifiante qu'il lui semblait qu'il n'avait qu'à fermer les yeux pour s'abolir aux regards des autres.

Au bout d'un long moment, la téta tressaillait comme au sortir d'un rêve, puis elle se ratatinait, devenait toute rides et larmes. « Ô mon malheur ! Ô notre malheur ! » suffoquait-elle en se frappant la tête des mains, et Milad, affolé, fuyait vers la mer.

*

La mer...

C'est dans sa seule mouvance que Milad se sentait en lieu d'accueil, immergé dans son ample souffle où rien ne pesait plus.

La mer...

Il l'aimait comme on aime son pays, son village, sa maison.

Il aimait ses effluves, pleins, forts, jubilants comme un grand vent levé de son tréfonds, pour vous dire ses saisons cachées et ses luminescences, sa faune et sa flore, ses marées et ses multiples horizons.

Il aimait son chant qu'elle houlait indéfiniment, pour rythmer les espaces, comme les astres rythment le temps.

Il l'aimait criblée d'or, quand il ne savait plus si c'était l'eau ou le soleil qu'il égrappait au vent.

Il l'aimait gonflée d'orage, quand il ne savait plus si c'était l'écume ou la pluie qui lui fouettait le visage.

Elle était son pays, son village, sa maison, où il devenait dauphin superbement dénudé de son enfance coincée, de ses nuits pleines d'interrogations, de ses jours vides de réponses, pour ne plus savoir que glisser, bondir, plonger, rouler et s'enrouler de vagues jusqu'au vertige... et s'abandonner, face au ciel renversé, pour boire de l'immensité, infiniment.

*

Parce qu'il étouffait dès qu'il se sentait enfermé, parce que les grandes personnes passaient des heures à lire et à commenter les journaux, Milad s'intéressa aux minuscules frises noires juxtaposées à longueur de feuilles et qui semblaient fasciner tant de monde. A force de demander : « C'est quoi, ça ? », il avait appris à déchiffrer les lettres, puis les syllabes, et à l'âge où la plupart des enfants ânonnaient : « Le ballon rouge de Sami », Milad annonçait d'un trait : « Trois-cents-obus-sur-la-capitale-la-nuit-dernière-quatre-vingts-morts-et-cent-dix-blessés. »

Des nombres, toujours des nombres, en manchettes, en titres, en colonnes. Des nombres odieux, certes, mais dont l'excès même (ou l'habitude ?) émoussait le sens, les réduisant à une simple information. Milad n'en réalisait pas l'horreur.

« Ce n'est pas bon qu'il lise cela ! »

s'indignaient les grandes personnes. « Il ne voit que cela et n'entend parler que de cela, soupirait la téta. Autant qu'il ne soit pas illettré. »

Et c'est ainsi que les jours d'enfer où personne ne pouvait sortir, et les nuits d'enfer où personne ne pouvait dormir, Milad s'évadait dans la lecture. Il lisait tout ce qui lui tombait sous la main : livres, journaux, revues, Histoire sainte, poèmes, chants et prières, assis en tailleur dans un coin d'abri ou de couloir, les coudes calés sur ses cuisses, les mains plaquées sur ses oreilles pour mieux s'isoler. Il ne se rapprochait jamais des autres, même pas quand les maisons tremblaient sous les bombes. Il tressaillait violemment à chacun de leur épouvantable fracas, sans toutefois éprouver cette terreur panique qui jetait les autres enfants dans les bras de leurs parents. On l'appelait, on lui parlait, mais il ne répondait à aucune avance et ne se mêlait ni aux chants, ni aux prières. « Je ne suis pas là ! » se persuadait-il, en accentuant la pression de ses mains sur ses oreilles. « Les bombes ne peuvent pas m'écrabouiller, puisque je ne suis pas là. Un jour, la baleine de Jonas m'avalera. En trois jours, elle fera le tour des mers et des océans, elle me montrera tous les rivages et comme aucun ne me plaira, elle se fera pousser des ailes et me déposera sur la lune. Là-haut, il y a tout le temps de la lumière. C'est en dessous que passent les nuages et les bombes. »

Et tandis qu'au plus fort des pilonnages se joignaient les mains et s'élevaient les prières, Milad se recueillait sur ses voyages. Il paraissait si paisible, lisant ou rêvant dans son coin, qu'on aurait eu peine à le déranger. La téta se contentait de le couver du regard et lui cédait tous les bouts de chandelle qu'il réclamait.

Quand avait-il cessé de trouver refuge dans les bras de sa grand-mère ou de toute autre personne prête à l'accueillir ? Milad n'aurait su le dire. Des bras pour bercer, ce n'était pourtant pas ce qui manquait, dans les abris ou ailleurs. Partout la tendresse coulait à flots, qui levait la terreur de son poids de ténèbre et festonnait d'aube les plus grandes meurtrissures. Mais dans les regards qu'on lui portait, dans les bras qu'on lui tendait, Milad ne voulait voir que de la compassion. Il avait trop surpris de « Pauvre petit, quelle tristesse ! » pour ne pas se percevoir différent des autres enfants.

Lui était né d'une mère morte, il le savait, il l'avait entendu dire. Cette seule pensée le vrillait dans un vertige de mort...

Comme si rien ne pouvait s'ouvrir, semé au bord d'une tombe...

Comme si sa naissance n'avait été que le point final d'une histoire à jamais effacée.

*

L'été de ses huit ans, Milad se gorgea de soleil et de mer. Presque plus de bombes, en tout cas plus de fuites et plus d'enfermements, le plein air à plein temps et le beau temps à perte de temps, c'était fabuleux, assurément. Les enfants s'imaginèrent que la guerre était partie, alors qu'elle soufflait, tout simplement, mijotant des moyens plus insidieux pour finir d'émietter le Liban. Et... la guerre économique pointa à l'horizon. Milad s'en fichait éperdument. D'un pneu abandonné il fit sa goélette... et vogue, ma liberté, laisse les rivages aux mouettes, nous, nous avons les océans.

Mais de l'Atlantique ou de la mer des Caraïbes, il fallait revenir dare-dare, à l'heure où le soleil à son zénith ne laissait pas l'ombre d'une ombre aux crabes qui siestaient sur le sable.

Il fallait encore revenir le soir, au moment où, sur les flots drapés de nuit, la lune déroulait sa traîne de lumière, qui vous attirait comme une lampe attire les papillons.

Il fallait rentrer dans un rez-de-chaussée plus sombre qu'une caverne que la grand-mère appelait « la maison », puisqu'elle espérait y avoir jeté l'ancre pour le restant de sa vie. Une grand-mère qui ne racontait plus rien, mais qui cousait... cousait... cousait...

« Téta, pourquoi couds-tu autant ? s'enquit un soir Milad, comme s'il venait de s'en apercevoir.

— Pour t'acheter des maillots que tu uses à vue d'œil et des sandales que tu ne portes qu'à la messe du dimanche.

— Je ne porterai jamais plus de chaussures, décréta Milad en contemplant ses pieds magnifiquement ambrés. Sauf à la messe du dimanche, et sauf peut-être en hiver, quand il pleuvra trop.

— Et sauf à l'école, compléta la téta. Tu oublies que nous approchons de la rentrée. Cette année, tu iras au collège.

— Au collège ? Non, téta, ne me fais pas ça ! s'affola Milad. Je n'ai pas besoin d'y aller. Je sais lire, écrire, calculer, conjuguer, analyser en arabe et en français. Qu'est-ce que j'y apprendrai de plus ?

— A devenir sociable. Tu vis comme un sauvage. C'est tout juste si tu communiques avec moi et quand je te parle, tu ne m'entends pas. Tu es tout le temps ailleurs. Les voisins se demandent si tu es sourd et muet.

— Pourquoi ne m'envoies-tu pas, comme avant, dans de petites écoles fermées la plupart du temps et que personne ne remarquait si j'y allais ou pas ?

— Parce que je veux que tu aies une bonne instruction, parce que ce collège est tout près et que tu pourras t'y rendre à pied et parce que le temps de l'école buissonnière est fini.

— Téta, est-ce que nous sommes pauvres ? louvoya Milad.

— Pourquoi me demandes-tu cela ?

— Parce qu'un collège, ça doit coûter horriblement cher. Je ne pourrais pas étudier ici, avec toi ?

— Avec moi, tu n'en fais qu'à ta tête et je n'en sais pas assez pour te mener bien loin. Nous sommes pauvres, mais pas miséreux. Ton grand-père et ton père nous ont laissé quelques ressources que je garde pour ton instruction. Et comme tu viens de t'en apercevoir : je travaille.

— Est-ce que tu m'y as déjà inscrit ? Des fois qu'il n'y aurait plus de place...

— Il y en a, je m'en suis assurée. J'irai t'y inscrire demain. Et ne te tracasse pas, ce collège n'est vraiment pas cher.

— Personne ne nous connaît encore, là-bas ?

— Non, personne.

— Alors, téta, s'il te plaît, s'il te plaît, ne leur dis pas que je suis tout à fait orphelin. Dis-leur que papa est resté au village. Tu ne mentiras pas, puisqu'il est enterré là-bas. Ils n'ont pas besoin de tout savoir. S'il te plaît, tu promets de ne pas tout leur dire ? Je ne veux pas qu'on me regarde avec des yeux tout drôles, comme si je portais un bandeau noir sur le front. Pour maman, on va bien être obligés de leur dire, parce qu'ils ne comprendront pas qu'elle ne soit pas avec moi. S'il te plaît, téta, promets tout de suite, ou je ne pourrai jamais aller au collège. »

« Je promis et pleurai toutes les larmes de mon corps, me confia la téta, quelques mois plus tard. Il n'avait jamais tant dit à la fois et je ne comprenais pas son insistance à esquiver l'école, alors que, par ailleurs, je n'avais pas besoin de le pousser pour apprendre. Son mutisme et son goût pour la solitude m'inquiétaient, mais il m'avait paru si serein, tout au long des vacances, que je me rassurai en pensant qu'il changerait en grandissant. Et puis, tout à coup il me livrait une détresse dont je ne soupçonnais pas la profondeur.

— Et depuis ?

— Rien n'a changé. Il s'est remis à flotter. Il flotte dans l'eau, il flotte hors de l'eau et je ne sais dans quel océan aller le repêcher. Apparemment, il n'y a pas plus serein, plus serviable et gentil que lui. Il n'est pas là, c'est tout ! Vous croyez qu'il vous écoute et en guise de réponse, il vous sort qu'un jour, la baleine de Jonas l'avalera. Il raconte des choses fascinantes, mais il ne parle jamais des êtres. Je me suis hasardée, une fois, à lui dire que la baleine de Jonas avait certainement disparu depuis longtemps. " Oh, non ! se récria-t-il. Les baleines, ça vit des centaines de milliers d'années, ça ne meurt pas aussi vite que nous. Et celle de Jonas va devenir celle de Milad. Une baleine ailée que personne d'autre que moi ne verra. " Que répondre à cela ? Non, je ne sais vraiment plus dans quel océan aller le repêcher. »

*

Tandis que ses camarades se hâtaient vers les autocars ou la sortie, un petit bonhomme se tenait adossé au grand portail, tête nue, paupières closes, visage offert à la pluie. Son immobilité me surprit. Je ne le connaissais pas encore. Nouvellement chargé de la direction d'un grand collège de la banlieue de Beyrouth, je me demandais combien de temps il me faudrait pour appeler par leurs noms les centaines de minois de ma pépinière, et obtenir d'eux autre chose que de déférents (mais combien impersonnels !) oui Abouna [1], non Abouna, merci Abouna.

Or le temps me manquait. Mon bureau ne désemplissait pas de la journée et le téléphone, telle une fauvette prise au piège, zinzinulait sans arrêt. Je me sentais aussi abominablement ficelé qu'un écolier, à cela

1. Abouna : mon Père, en s'adressant au prêtre.

près que la cloche de trois heures et demie, loin de me libérer, m'annonçait narquoisement une série de réunions ou d'entrevues avec les préfets de divisions, les professeurs, les secrétaires, le Comité de rédaction de la revue diocésaine, le Comité représentatif des écoles de la région... sans compter une multitude de personnes qui assuraient devoir m'entretenir « d'urgence ». C'en était trop ! Il y avait des moments où j'avais besoin de m'aérer « d'urgence ». Le doute m'envahissait quant à l'*indispensabilité* de présider certains marathons, où les poncifs, quoique admirablement panachés de modernisme, s'essoufflaient à force de répétition. J'avais la désagréable impression qu'ils passaient très loin des enfants dont ils étaient supposés garantir l'épanouissement culturel, que l'on confond trop vite avec le rendement scolaire.

J'avais des projets plein ma tendresse pour ces enfants nouvellement placés sous ma houlette. Commencer par les connaître me paraissait tellement plus important que l'interminable supervision des programmes, des cycles des cours, des leçons et des devoirs, des systèmes d'annotation et des non moins interminables comptes des trésoriers.

Il ne s'agissait certes pas de reléguer les programmes au placard ni de mener le collège à la faillite. Je déplorais seulement que les trop fréquentes fermetures des écoles contraignissent les enseignants au bourrage des écoliers. L'absorption intensive et le bouclage à terme des programmes devenaient préoccupation majeure. Cependant, l'école pour les enfants signifiait accalmie et, pour les parents et les éducateurs, maintenance d'une normalité au milieu du chaos. On ne pouvait qu'admirer la persévérance des Libanais à penser « avenir », alors qu'on les massacrait depuis treize ans.

Je regardai une nouvelle fois par la fenêtre. Les premiers autocars démarraient dans un tintamarre de klaxons et de vrombissements saccadés. Mon petit bonhomme était toujours adossé au portail, se laissant copieusement arroser de pluie, mais apparemment aussi béat qu'un lézard s'imprégnant de soleil. « En voilà un qui cherche à être malade, me dis-je. Une bonne grippe, ça vous dispense de l'école pour au moins trois semaines. » Mais quelque chose me disait qu'il n'en était rien.

Je regardai ma montre. Dans un quart d'heure, réunion du Comité représentatif des écoles. Eh bien, la réunion pouvait attendre. Elle ne s'en porterait pas plus mal. Il y avait dehors, sous la pluie, un petit garçon étrangement immobile. Lui ne pouvait attendre. Lui risquait de s'en porter plus mal.

Je quittai mon bureau et passai dans le bâtiment des petits. Une dernière farandole d'enfants ondulait dans le couloir des douzièmes. Cartables dans le dos, anoraks *zippés* jusqu'au menton, capuchons encadrant des frimousses encore empreintes de retenue, ils entrelaçaient leurs doigts comme pour tisser une mystérieuse alliance. Une fois dehors, ils allaient détaler comme des lapins échappés de leur cage. En attendant, j'admirai leur sage trottinement. De toute évidence, ils ne songeaient pas à se bousculer. Je trouvai cela merveilleux et réconfortant. J'avais déjà remarqué que leurs jeux, dans la cour, excluaient toute violence. Ces petits étaient manifestement gorgés de tendresse. Elle transparaissait dans leur gestuelle ondoyante et gracieuse comme fleurs sous la brise, dans leur langage chantant comme poèmes s'inscrivant en onciales sur le ciel, dans leurs regards comme nuits parsemées d'offrandes en étoiles. Ils étaient douceur, confiance et grâce infinies. Malgré la guerre. Malgré le fait qu'ils pouvaient compter plus de nuits passées dans les abris que dans leurs lits.

Je m'arrêtai au bout du couloir. Ils m'aperçurent et la farandole se délia. Ils accoururent par grappes, agitant leurs petites mains avec une souplesse et une légèreté qui n'appartiennent qu'aux enfants. Les embrasser tous était impossible. Les autocars n'attendraient pas. Et puis si, ils attendraient, tout comme la réunion. Je soulevai les plus proches, effleurai des centaines de petits doigts papillonnant vers moi, envoyai des baisers dans toutes les directions. Leurs rires étaient égrènement de bonheur, et ronde du dimanche leurs appels à venir goûter aux sages heures de leurs matins scolaires :

« Viens nous voir demain en classe,
Abouna.
« Viens nous voir aussi dans la cour,
« Viens nous voir tous les jours,
« Viens nous voir tout le temps
« Et même le dimanche, à la maison. »

Quand un enfant vous tend sa menotte, c'est son être tout entier qu'il niche dans le creux de votre paume, la rendant sanctuaire de son Cantique à la Tendresse.

Oui, je les embrassai tous et les bénissai tous, alors qu'eux-mêmes me bénissaient par ce qu'ils rayonnaient de joie et de vie, malgré leur connaissance de la mort. Je les embrassai tous, balayant définitivement les pressantes recommandations de ceux et celles qu'inquiétait ce qu'ils appelaient, avec réserve, ma bonhomie : « Un directeur ne doit jamais se départir de son sérieux — devrais-je dire : de sa raideur ? —, sous peine de voir son autorité, et donc la discipline, s'envoler à tire-d'aile. » Je voulais bien, quand cela s'avérait nécessaire, user de fermeté, mais je n'avais nulle intention de jouer au potentat. Le pouvoir sous n'importe quel emballage ne m'alléchait guère plus que de camper sur un iceberg. Avant de commander, je voulais connaître, comprendre, communiquer.

J'atteignis enfin la cour. Mon petit bonhomme se tenait toujours à la même place, immobile, les yeux fermés, le visage offert à la pluie. J'approchai doucement et posai mes mains sur ses épaules.

« Salut, toi ! » dis-je.

Il ouvrit les yeux et ne parut pas surpris de me voir.

« Salut, Abouna », me gratifia-t-il en retour.

J'espérais un sourire, mais il ignora le mien. Je rabattis son capuchon sur sa tête. Il ne broncha pas.

« Tu es tout trempé, dis-je. Tu vas attraper mal.

— Je ne vais attraper rien du tout. La pluie, elle me connaît. Elle ne peut pas me faire de mal. »

Que cette *connaissance* de la pluie m'eût enchanté si elle ne laissait entendre que d'autres choses qui ne le connaissaient pas, pouvaient, *elles*, lui faire beaucoup de mal. Avait-il été grondé ? S'était-il disputé avec un camarade ? Je ne le pensais pas. Il paraissait si calme, si indifférent, si... absent.

Il referma les yeux comme pour effacer ma présence. La cour se vidait et il ne faisait pas mine de s'en aller. Il n'allait tout de même pas rester là, jusqu'au lendemain ? Et pourquoi là ? Pourquoi pas chez lui ? Qu'est-ce qui le retenait collé à ce portail ?

On a beau être directeur de collège et s'adresser à un écolier, il est des questions qu'on ne peut poser d'emblée. Je me contentai de demander :

« Comment t'appelles-tu ? »

Il rouvrit les yeux et regarda le ciel.

« Oh ! fit-il, les nuages commencent à courir. La pluie va partir. En ce moment, la mer roule de grosses vagues blanches et grises et sa voix est comme un grand vent des steppes. Les poissons se cachent profond. Moi, si j'étais dans la mer, je ne me cacherais pas et elle jouerait avec moi comme avec un voilier. Un voilier-ballon, léger, léger, et je serais tout content.

— Comme un grand vent des steppes... repris-je en écho. Comment le sais-tu, petit bonhomme ? »

Il ne répondit pas. Il avait oublié ma présence. Ce n'était pas à moi qu'il parlait, ni à lui-même. Il semblait parler à l'univers. Je pris son visage entre mes mains et l'amenai à me regarder.

« Dis, tu n'aurais pas peur de te noyer ?

— Oh, non ! fit-il. La mer, elle me connaît. Elle ne me noiera jamais. »

Ô étrange enfant, si visiblement absent aux êtres et si confiant en la pluie et la mer. Confiant au point qu'une tempête lui était balançoire ou toboggan. Il ne ressemblait à aucun des petits dont je m'occupais depuis la guerre, enlisés dans leurs souvenirs et leur désespoir, jusqu'à ce qu'une nouvelle tendresse leur réapprenne la vie. Je fus soudain pris d'angoisse. Cet enfant-voilier-ballon, et Dieu savait quoi encore (je n'en étais qu'à mes premières découvertes), me sembla n'avoir pas plus de passé que de présent. Il s'exprimait à la manière d'un très vieux sage, doucement, sereinement, *lointainement.* Il me donna l'impression d'être hors du temps, coulé dans l'infini des éléments qui le *connaissaient* et l'emportaient loin d'un monde où il ne pouvait prendre racine. Pourquoi ? Je ne le savais pas encore, mais je commençais à comprendre son immobilité béate sous la pluie. Il s'enveloppait de pluie comme d'autres d'une houppelande. J'aurais voulu lui demander : « Qu'est-ce qui te connaît encore, petit flocon des steppes ? Le soleil ? La lune ? Les étoiles ? Le vent ? N'y a-t-il pas des êtres qui, *eux aussi*, pourraient te connaître ? » Au lieu de quoi je redemandai :

« Comment t'appelles-tu ?

— La pluie s'en va et le vent la suit, murmura-t-il. Ils reviendront cette nuit. »

Il se hissa sur la pointe des pieds et ouvrit ses bras comme un *éploiement* d'ailes, me donnant un moment l'illusion qu'il allait prendre son envol... et suivre la pluie, et suivre le vent... Mais il les rabaissa et consentit enfin à me regarder.

« Je m'appelle Milad, dit-il.

— Quelle classe ?

— Huitième. Dans pas très longtemps, j'aurai neuf ans.

— Et... ça va ?

— Oui.

— Tu ne rentres pas en autocar ?

— Non.

— Où habites-tu ?

Il fit un geste vague du côté de la mer.

— C'est loin ?

— Non.

— Tu n'as pas d'amis avec lesquels tu pourrais faire un bout de chemin ?

— Non.

— Tu es nouveau ?

— Oui.

— Moi aussi, je suis nouveau. »

Il m'observa gravement, longuement, et je ne sais ce qu'il perçut qui lui dicta ces mots étranges :

« Oui, tu es nouveau. Toi et moi, on sera tout le temps nouveaux, partout.

— Où étais-tu, avant ici ?

— Chaque fois dans une école. Parfois dans aucune.

— Mais tu n'es pas en retard pour ton âge.

— J'étudiais chez la téta.

— Tu veux dire, à la maison ?

— Je veux dire, chez la téta. Ne me demande plus rien. Je ne pourrai pas te répondre, parce que je ne t'entends plus. Voilà ! »

Il referma les yeux et se plaqua les mains sur les oreilles. Je voulus les lui retirer, mais il recula.

« Ne me touche pas ! Tu ne me connais pas ! »

Il n'y avait aucune colère, aucune peur dans sa voix. J'avais touché un point sensible et il me faisait comprendre à sa manière qu'il était hors de question qu'il en parle. « Je ne suis pas là ! Je ne suis pas là ! » répétait-il du même ton qu'il m'avait annoncé que la pluie était partie. J'en eus le cœur serré.

« Il faut rentrer, dis-je, doucement.

— Oui. Il faut toujours rentrer quelque part. Quand je serai grand, je ne rentrerai jamais nulle part.

— Où vivras-tu ?

— Pourquoi est-ce que je te le dirais ? Tu ne me connais pas.

— Tu le dirais à la mer et à la pluie ?

— Elles, elles savent. Pas besoin de rien leur expliquer. »

*

Dès six heures, le matin, les autocars déversaient, dans le grand parking du collège, leurs premières grappes d'écoliers *sommeilleux* qui s'égaillaient dans les cours comme au ralenti. On était loin de l'animation de la sortie.

Lorsqu'elle savait que le soleil ne serait pas au rendez-vous, l'aube mettait un temps infini à effacer la nuit. Les oiseaux *cuicuitaient* en sourdine et les petits, pelotonnés sur leurs bancs, avaient l'air perdu et tristement résigné de chatons expulsés en plein rêve de leur corbeille. On était tenté de courir les rendre à la tiédeur de leurs lits.

Les grands déambulaient du pas traînant et ennuyé de voyageurs à qui l'on vient d'annoncer un retard de train. Ils avaient deux heures à perdre avant la première cloche. Rares étaient ceux qui ouvraient leurs livres et je les comprenais. La perspective de six heures de cours, suivis de deux ou trois heures d'étude à la maison, ne les incitait pas à s'enfouir, dès l'aube, dans des manuels qu'ils n'étaient pas particulièrement soucieux d'explorer.

J'aurais aimé que leurs journées, entamées trop tôt, soient moins empreintes de vacuité. Ils arrivaient là, comme si rien ne les accueillait, rien ne les attendait qu'une longue somnolence accompagnée d'un long *mâchouillement* de bics, révélateur de rêves buissonniers.

Mais au fur et à mesure que s'évasait le jour et s'emplissaient les cours, une rumeur de ruche réveillait le collège. De couloirs en classes voletaient mes abeilles, espiègles, babillardes, rieuses, enfin prêtes à butiner les fleurs du savoir.

Deux heures de flottement... Je décidai d'ouvrir la chapelle dès l'aube. Elle avait tout pour accueillir : un décor simple, des sièges rien moins qu'anguleux, de la chaleur. Et c'était cela que je cherchais : un lieu d'accueil et de recueillement, avec quelqu'un pour accueillir, quelqu'un qui serait toujours là, en vous laissant toute liberté de répondre à son attente.

Pouvais-je espérer mieux que le Christ ?

Avec les prêtres du collège, rien de moins compliqué que d'assurer une messe tous les matins. Une messe exempte d'obligation. Y viendrait qui le souhaiterait. A ma grande joie, grands et petits y vinrent nombreux et ce fut une aurore d'amour qu'ils se mirent à célébrer, aux heures lisses et blanches du petit matin.

*

J'entrepris la tournée des classes, afin de connaître tous les élèves. J'essayai de dialoguer avec eux, en groupes et en particulier. J'essayai de pénétrer dans la vision du monde de ces enfants de la guerre... et je vis beaucoup de désarroi, beaucoup d'incertitude... et une immense tendresse. Tous n'aspiraient qu'à la paix, au démantèlement des barricades, à la fraternité, à la beauté.

Je suggérai qu'un élève de chaque classe, à tour de rôle, compose chaque matin une prière, en arabe, en français ou en anglais, et l'apporte à l'école avec une fleur qui égayerait la classe et leur tiendrait compagnie tout au long des cours. A la sortie, ces fleurs étaient déposées aux pieds de la statue de la Vierge, dans le hall du collège. Magnifiques étaient les bouquets ainsi rassemblés, et plus magnifiques encore les bouquets d'enfants qui se recueillaient là, avant de regagner leurs foyers.

Je fus touché par les prières qui, toutes, demandaient la paix... La paix dans les cœurs, la paix au Liban, la paix dans le monde entier.

Mais bientôt, j'eus à demander plus que des fleurs et des prières. En fait, je n'exigeai rien. De même que la chapelle demeurait accessible à qui le voulait, j'ouvris une porte de partage aux enfants des réfugiés.

C'est que l'inflation, encore plus pernicieuse que les bombes, commençait à étendre la misère. Un des premiers coups de fil que je reçus, un matin de novembre, m'apprit que la veille, dans une petite école de quartier, une fillette s'était évanouie d'inanition. Je ne pus retenir les larmes qui m'emplissaient les yeux et le cœur. Je savais de quelles privations étaient capables les parents pour maintenir le bien-être de leurs enfants. Je savais leur abnégation, leur courage, leur foi, leur espérance malgré treize ans de guerre, leur incomparable tendresse. Ne plus pouvoir nourrir un enfant était la porte ouverte au désespoir.

Dès le lendemain, à la messe du samedi soir animée par les enfants de ma paroisse, je parlai de cette petite fille. Je dis combien il serait beau que des enfants, encore épargnés, partagent avec ceux qui n'avaient plus rien. Le lundi suivant, avant de se rendre à l'école, ils vinrent avec leurs parents déposer des sandwichs et des fruits dans la salle paroissiale. Certains offrirent une somme d'argent, avec promesse de la renouveler tous les mois. L'opération « À la Grâce de Dieu » était lancée.

J'en parlai également au collège. La réponse ne se fit pas attendre. Dès le lendemain et jusqu'aux grandes vacances, des sandwichs abondamment garnis s'amoncelèrent dans le hall, aussitôt expédiés dans des centres de réfugiés.

Ce partage n'existait pas que dans ma paroisse et mon collège. Il existait dans toutes les paroisses, toutes les écoles et tous les centres d'aide où chacun, à sa manière, œuvrait pour la survie d'un Liban qui refusait de mourir.

*

Pendant tout ce temps, Milad m'ignora superbement. Lorsque je passais dans les classes ou le croisais dans les couloirs, il répondait poliment à mon salut sans m'accorder un regard. Je n'insistai pas.

L'appréciation de ses professeurs ne m'étonna pas. Tous me dirent la même chose : « Milad, enfant sans problèmes, sage, appliqué, ordonné, un peu rêveur. Bons résultats dans toutes les matières, très bon vocabulaire tant en français qu'en arabe. Très timide, il ne parle pas beaucoup. C'est sans doute qu'il est nouveau et n'a pas encore eu le temps de se faire au collège. »

Je l'observai pendant les récréations. Il se promenait ou lisait, assis de préférence par terre, en tailleur, les coudes calés sur les cuisses, les mains plaquées sur les oreilles. Lorsqu'un ballon atterrissait sur sa tête ou ses genoux, il le relançait gentiment, regardait un moment les joueurs et replongeait dans sa lecture.

Je m'approchai un jour de lui :

« Que lis-tu, Milad ?

— *Vingt Mille Lieues sous les mers.*

— Tu aimes ?

— Oui.

— Il lit beaucoup, m'informa Leyla, une petite fille toute ronde, toute bouclée, souriant de toutes ses fossettes. On le laisse tranquille parce qu'il paraît qu'il ne doit pas jouer.

— Oui, renchérit Ziyad, un petit gars encore plus rond et bouclé. Il paraît qu'il a des *roumatizarticulaires.* Le docteur lui a dit de ne pas trop bouger. Mais il n'a pas de dispense pour le sport. Mon papa dit que si on n'a pas de dispense pour le sport, c'est que ce n'est pas grave et qu'il pourrait aussi bien jouer.

— Est-ce que ton papa est médecin ? s'enquit sournoisement Milad.

— Non. Il est mécanicien, s'étonna Ziyad.

— Alors, qu'est-ce qu'il en sait ?

— Il sait beaucoup de choses, répliqua Ziyad, piqué.

— Beaucoup de choses, ça ne veut pas dire TOUT. Une heure de sport par semaine, ça me dérouille les articulations. Entre-temps, je les repose. Je t'ai déjà dit que j'en profitais pour faire faire de la gymnastique à mon cerveau.

— Oui, bien sûr, s'empressa d'acquiescer Ziyad, impressionné par tant de savoir. »

Je ne pus m'empêcher de sourire... et de m'inquiéter. Milad menait son monde à sa guise. Ses camarades le regardaient avec des yeux comme des soucoupes. Il avait dû les subjuguer avec ses histoires de rhumatismes articulaires, de gymnastique mentale et savoir quoi d'autre. Et il avait obtenu ce qu'il voulait : les tenir respectueusement et définitivement à distance.

Je pris un ballon des mains d'un enfant et le lançai très haut pour faire diversion. D'un seul élan le petit groupe voleta à sa poursuite. Je me tournai vers Milad. Timide, lui ? Plutôt bourré d'aplomb et de reparties. Pas le moins du monde embarrassé de ses entorses à la vérité, il feuilletait placidement son livre, l'esprit déjà ailleurs.

« Je t'attends dans mon bureau, à l'heure de la sortie, dis-je.

— Pourquoi ? Je n'ai rien à te dire, fit-il, plus indifférent que jamais.

— Peut-être. Mais moi, j'ai plein de choses à te dire.

— Oh ! Je suppose que tu ne me permettras pas d'oublier de venir ?

— Non, petit bonhomme, répondis-je très doucement. Je ne te le permettrai pas. Je t'attends. »

Dix minutes avant la sortie, je condamnai ma porte et le téléphone. Ainsi, aucune interruption ne permettrait à Milad de filer. Je l'attendis dans le couloir. Je le vis avancer, les bras écartés, posant avec précaution un pied devant l'autre, se dandinant un moment comme s'il perdait l'équilibre, soulevant l'autre pied avec autant de précaution et se dandinant de plus belle, avant de le poser bien à plat devant lui. Il jouait au funambule. Pas pressé, le petit gars. Le contraire m'aurait surpris. Enfin il m'aperçut et arrêta son jeu.

« Je suis venu, dit-il, de sa voix lointaine. Et maintenant, je peux partir ?

— Oh, que non ! fis-je. Entre ici et assieds-toi !

— C'est que je ne veux pas te fâcher, mais je n'ai rien à te dire.

— Je sais. Tu n'as rien à me dire parce que je ne te connais pas. C'est ça ?

— Oui.

— Eh bien, nous allons faire connaissance, tous les deux.

— Non, c'est trop difficile.

— Milad, ton histoire de rhumatismes...

— Je ne peux rien te dire.

— C'est pour qu'on te laisse tranquille ?

— Oui.

— Tu n'aimes pas parler à tes camarades ? Tu n'aimerais pas avoir quelques amis ?

— Non.

— Pendant les vacances, tu ne joues pas avec des enfants ?

— Non.

— Tu ne t'ennuies pas ?

— Je vais dans la mer. Elle joue avec moi. Il y a des galets et des coquillages. Ils me connaissent et le sable aussi. Le sable est chaud et doux. J'aimerais dormir dessus, la nuit. Mais la téta, elle me le défend. Je crois qu'elle n'entend pas la mer. Je crois qu'elle ne voit pas le chemin de lune sur la mer. J'aimerais aller sur ce chemin. Il n'est là que la nuit. Et la nuit, la téta m'oblige à rentrer. »

De nouveau, Milad parlait à quelque

chose d'invisible. De nouveau, il avait effacé ma présence. Je fus tenté de le prendre dans mes bras et de l'amener à me regarder. Mais je savais qu'il fuirait et qu'ensuite, il me serait encore plus difficile de le saisir.

Je pensais aux enfants que j'avais bercés, que je berçais toujours depuis le début de cette horrible guerre. Certains mettaient du temps à sentir, à reconnaître une tendresse, perdus qu'ils étaient dans la nostalgie des leurs. Mais tous se laissaient porter, petits oiseaux chassés de leurs nids, si avides de s'envelopper de chaleur. Et la manière dont ils se lovent contre votre cœur est déjà signe d'attente au revers de l'absence. Et lorsque leurs regards rencontrent enfin le vôtre, vous savez que la vie dans leur nuit redessine ses chemins, vers des matins en sources si limpides d'avoir franchi la mort.

Milad, au contraire, fuyait toute chaleur humaine, et les liens qu'il nouait avec les choses étaient étranges. Il assurait que la mer, la pluie, les galets et le sable le connaissaient, mais il ne disait pas les connaître lui-même. Il se laissait balayer comme feuille d'automne, indifférente aux lieux où la pose un instant le vent ; feuille bouleversante d'abandon à l'exil répété, des saisons ne retenant que l'été et ses chemins de lune, bordés de sable chaud ; feuille sans pétiole qui ne savait pas de quel arbre elle avait puisé sève, de quel rameau elle avait été parure.

Milad ne racontait rien à ses professeurs, je le savais. Et pour neutraliser la curiosité de ses camarades, il fabulait sans complexe, sans même la crainte d'un démenti par les adultes, je venais de le constater. Pourquoi se laissait-il aller devant moi ? Parce qu'à ses yeux je représentais l'autorité suprême et que ne pouvant avoir recours aux récitations pour masquer son silence, il se sentait tenu de me répondre ? Mais alors, espérait-il noyer dans des détails un essentiel qu'il ne voulait livrer à personne ?

Non. Je l'avais surpris une première fois en pleine dérive. Comme lui, je m'étais laissé envelopper de pluie. Avec lui, j'avais admis la bienveillance des éléments. J'étais venu à lui et je l'avais regardé, écouté avec toute la tendresse, toute la joie, tout l'immense respect qui me saisissent toujours devant un enfant. J'espérais de toute mon âme que Milad répondait à un obscur mais réel élan de confiance.

Oh, oui ! Je l'espérais de toute mon âme.

Mais avec lui, il fallait avancer sur la

pointe des pieds, très doucement l'appeler, très doucement frapper à sa porte, sans essayer de l'ouvrir. Cela, il ne l'accepterait pas. Lui seul l'ouvrirait, en son temps, quand s'imposerait à lui, aussi clair que pour la mer et la pluie, que je le connaissais, ce qui, pour lui, signifiait l'aimer.

« Le sable est chaud, répéta-t-il. Il boit tellement de soleil, du matin au soir. Il boit aussi un peu de mer, tout au bord. La mer joue aussi avec lui. Elle nous fait glisser, tous les deux. Un jour, je nagerai droit devant moi et la baleine de Jonas m'avalera. En trois jours, elle fera le tour des mers et des océans. Elle me montrera tous les rivages et comme aucun ne me plaira, elle se fera pousser des ailes et me déposera sur la lune. Là-haut, il y a tout le temps de la lumière. »

Il s'exprimait avec une étrange ferveur. Ceci était son *histoire-refuge*, j'en eus l'accablante certitude. Comme la première fois, je pris son visage entre mes mains :

« Milad, réponds-moi, s'il te plaît. Qu'est-ce que tu ferais, sur la lune ?

— Je me promènerai, dit-il.

— Tu prendrais quelqu'un avec toi ?

— Quelqu'un ? répéta-t-il, surpris. Non, personne.

— Tu construirais une maison ?

— Je n'ai pas besoin d'une maison. Je n'aime pas les maisons. Elles m'obligent à rentrer. Non. Sur la lune, je vagabonderai.

— Et la baleine ?

— Oh ! je l'appellerai quand je voudrai renager un peu. Mais peut-être qu'il y a des lacs, là-haut. Alors, je n'aurai jamais plus besoin de revenir ici. Et maintenant, est-ce que je peux partir ? La téta, peut-être qu'elle va s'inquiéter.

— Que fait-elle ?

— Elle travaille toute la journée.

— Elle n'est donc pas à la maison, en ce moment ?

— Si. Non. Parfois elle travaille chez des gens et elle rentre quand il fait très nuit.

— Qui s'occupe de toi, en attendant ? »

Je commençais à connaître son processus de retrait, aussi je captai ses mains avant qu'il ne se les plaque sur les oreilles. Cela ne l'empêcha pas de fermer les yeux et de me lancer :

« Ne me demande plus rien. Je ne t'entends plus et je ne te vois plus. Je ne suis pas là.

— Milad, insistai-je le plus doucement que je pus. Je dois savoir. Qui s'occupe de toi, en attendant ?

— Je n'ai besoin de personne. Je suis assez grand. Pourquoi est-ce que les enfants ne peuvent vivre seuls ?... Bon !... Il y a une voisine qui vient. Elle me fait manger, puis je commence à étudier et elle s'en va. De sa fenêtre, elle peut voir si je ressors.

— Et tu ressors ?

— Non. Je ne veux pas discuter avec elle. Elle ne me connaît pas. Je peux partir ?

— C'est quoi, d'après toi, des rhumatismes articulaires ?

— Il y avait une maman, dans un des abris. Elle racontait que sa fille ne pouvait pas courir, à cause de ça.

— Et ta gymnastique mentale ?

— Je l'ai lu dans un livre. Je peux partir ?

— Qui te passe des livres ?

— La téta et la voisine. Je peux partir ? »

*

*Pourquoi est-ce que les enfants ne peuvent vivre seuls...*

Cette phrase cognait douloureusement dans mon cœur. Je n'étais pas au collège, lors de l'inscription de Milad, mais je savais qu'il était réfugié et orphelin de mère. Il n'était pas le seul. Des enfants réfugiés et orphelins, il y en avait dans toutes les écoles. Mais quelque chose me disait que Milad n'avait pas plus de père que de mère. Cependant, je ne pouvais lui en demander confirmation. Ah ! le nombre de questions que la guerre nous interdit de poser directement aux enfants. Je décidai d'aller voir sa grand-mère, « la téta », comme il disait, n'usant jamais de possessifs pour lui-même.

J'aurais voulu (encore un souhait !) visiter les foyers de tous mes écoliers. Les voir chez eux et non seulement au collège. Créer des liens avec tous les parents. Savoir d'emblée pourquoi tel enfant avait raté son contrôle de math ou de grammaire, et pourquoi tel autre sommeillait sur ses dictées. Je n'avais d'autres moyens que le défilé des parents, dans mon bureau... et le téléphone.

Je ne « convoquais » pas les parents. Ce terme implique un jugement avant l'instauration d'un dialogue. Nous ne sommes pas plus « savants » que les parents pour ce qui est d'aimer et de comprendre leurs enfants. Quant au courage, c'est auprès d'eux que nous le puisions. Envoyer les enfants à l'école était déjà en soi un risque énorme. Les bombes sur les cours, les bombes et les voitures piégées sur les parcours des autocars scolaires n'étaient pas des histoires à simplement alimenter les journaux. Mais il fallait que la vie continue. Il fallait garantir l'après-guerre et, pour cela, préserver ces îlots de paix qu'étaient encore les cœurs des enfants, leurs foyers et leurs écoles. Il fallait VIVRE la paix à chaque minute. La leur faire palper par la tendresse, le partage, la joie et la prière, afin que leur regard ne soit pas uniquement et irréversiblement imprégné des horreurs qu'on ne pouvait leur cacher.

L'angoisse et les privations rendaient les parents doublement présents et attentifs. Il nous suffisait donc de « jumeler » la maison et l'école pour tresser une ronde de tendresse, à l'intérieur de laquelle lèveraient, drus et blonds, les grains qui feraient de la paix une investiture, un sacre royalement partagé.

*

Depuis l'inscription de son petit-fils, la téta n'était pas revenue au collège. « Je n'en avais pas le temps, me dit-elle, plus tard. Ensuite, le petit travaillait bien, donc tout allait bien. Avec des résultats comme les siens, on ne pouvait qu'espérer la *normalité*. Des enfants rêveurs, des enfants qui jouent avec le vent, on en trouve partout dans le monde. Du moment que Milad semblait communiquer à l'école, je pensais qu'il finirait par abandonner son cocon. »

Il me fallait la voir. Elle n'avait pas de téléphone et je ne pouvais passer par Milad. Je ne pouvais non plus « passer par-dessus sa tête ». Il ne me le pardonnerait pas. Je ne parlai de lui ni au préfet de sa division ni à ses professeurs. Pour tous, il était sage, appliqué, sans problèmes. C'est ainsi qu'il voulait être perçu et je ne me sentais pas le droit de le trahir. Je connais trop la force du silence de certains enfants, cette citadelle qu'on ne peut prendre d'assaut sans risquer de démolir ceux qui s'y retranchent. Il faut la défaire avec eux, pierre après pierre, à leur rythme, jusqu'à ce que votre voix se niche dans leur silence et soit entendue comme appel dénouant ce qui tient trop serré, là, au creux du cœur, et vous empêche de naître « pour de vrai ».

J'étais sûr que Milad était sûr de mon silence. Il y a des certitudes qu'on n'exprime pas, qu'on ne saurait d'ailleurs expliquer, mais qui vous lient plus fortement qu'un serment solennel.

Aujourd'hui, je ne crains plus de le trahir. Il sait que j'écris son histoire, mon petit flocon des steppes. « Change mon nom, m'a-t-il suggéré (j'en avais bien l'intention), mais dis beaucoup, beaucoup, beaucoup, combien tu m'aimes, parce que moi, je t'aime aussi grand, aussi profond que tous les chemins de lune sur toutes les mers de la terre. »

Oui, mon poète, mon vagabond de la lune, je le dis beaucoup, beaucoup, beaucoup, et grand, et profond, et lumineux comme tes chemins de lune. Je te le dis à toi et à tous les enfants que la guerre a déposés dans mon cœur. Je ne sais si tu me liras à bord de ta baleine, toi qui rêves encore de faire moisson d'étoiles. Puisses-tu aussi faire moisson de tendresse, toi dont le cœur est si creusé de transparence, qu'il met le ciel en fête.

Mais pour voir la téta, il me fallait encore attendre. Attendre un regard de Milad. Un vrai. Il me passait sous le nez, toujours aussi superbe d'indifférence, et je me contentai de sourire à ses coups d'œil en coulisse et ses « Salut, Abouna ! », seuls signes de reconnaissance qu'il m'accordait depuis notre dernier entretien.

Nous étions à un mois de Noël. En plus des sandwichs, je commençai à organiser la journée du kilo que j'avais instituée dans ma paroisse. A la veille des grandes fêtes et particulièrement à Noël, qui le voulait bien apportait un kilo de lait en poudre, céréales, légumineuses, farine, sucre, sel, fruits, friandises, habits, jouets etc. Qu'est-ce qu'un kilo offert par chacun, alors que leur somme pouvait apporter tant de soulagement aux nécessiteux ? Entre la paroisse et le collège — et toutes les paroisses et tous les collèges qui œuvraient dans le même sens —, nous espérions pouvoir assurer la mouneh [1] aux déplacés et égayer leur Noël.

Un matin de décembre, les dons s'accumulèrent dans le hall du collège. Chaque élève y déposa doucement le sien, avec une expression recueillie qui me fit chaud au cœur. Pour eux, ce n'était pas un geste quelconque, une formalité dont ils s'acquittaient uniquement par devoir. De même que pour leurs sandwichs quotidiens, ils avaient conscience d'un partage qui, pour rester dans l'anonymat, n'en était pas moins un accueil infini. Tous apportèrent plusieurs kilos. Tous y ajoutèrent leur tendresse et celle de leurs parents.

En paroisse aussi les dons affluèrent. Je me souviens du kilo de pièces de monnaie qu'apportèrent une année un groupe d'enfants. Cela représentait les chewing-gums et les tablettes de chocolat (du temps où ce n'était pas un luxe) dont ils s'étaient privés pendant l'Avent.

Ô petits anges, si tremblants sous les bombes et si pétillants de joie au moindre rayon de soleil, que votre quête d'amour englobe toujours ce don, qui dit et répète

1. Mouneh : provision annuelle de céréales, légumineuses et légumes en conserve, faite habituellement au début de l'automne.

que toute main ouverte est calice en célébration, qui rassemble blessures, pardon et tendresse à répandre sur le monde, pour l'abreuver de Dieu.

*

Milad n'apporta rien. Il passa, indifférent, entre les monticules de paquets. Il passait quotidiennement, aussi indifférent, devant l'amoncellement de sandwichs. Alors que ses camarades dévoraient les leurs, à la recréation de midi, lui jeûnait. Lui demander pourquoi ? Son imagination aussi féconde que rapide lui aurait fourni cinquante réponses à la seconde et il n'aurait eu d'autre embarras que le choix de la plus extravagante.

Un matin, je préparai deux sandwichs et les fourrai, bien enveloppés, dans l'ample poche de ma soutane. J'attrapai mon bonhomme dans la cour et l'emmenai dans mon bureau.

« Quoi encore ? s'inquiéta-t-il. Je n'ai rien à te dire.

— Je sais. Assieds-toi, j'ai quelque chose à te donner. »

Je sortis les sandwichs de ma poche et les lui tendis. Il ne broncha pas.

« Tiens, Milad, dis-je doucement. C'est pour toi. Je ne te vois jamais manger, ce qui ne veut pas dire qu'il ne t'arrive pas d'avoir faim.

— Je ne mange pas, parce que...

— Non, ne dis rien.

— Tu crois que je vais te raconter une craque. »

Il ne questionnait pas : il affirmait. Aussi je ne répondis pas.

« Pourquoi me les donnes-tu à moi ? demanda-t-il sans changer d'expression.

— Parce que tous les autres en ont.

— Qui te dit que moi, je n'en ai pas ? Je les mange chez la téta ou je les avale en route. »

Possible. Possible aussi qu'il oublie son déjeuner chez lui. Cela lui ressemblait. Je ne le voyais pas s'encombrer de nourriture lorsqu'il pouvait emporter un livre à la place. Tout de même, je me demandais comment il pouvait tenir de huit heures à quinze heures trente, en espérant qu'il ait vraiment avalé quelque chose avant son départ de la maison. Mais il ne fallait pas compter sur la faim pour ramener ce vagabond des étoiles sur la terre.

« Qui les a faites, ces tartines ? s'enquit-il, plus détaché que jamais.

— Moi.

— De tes propres mains ?

— Oui.

— Tu n'as pas demandé à quelqu'un d'autre de les faire ?

— Non.

— Tu as dit : “ Je vais faire ça pour Milad, des fois qu'il aurait faim, aujourd'hui ? ”

— Oui. »

Il se tut comme on s'endort, longtemps, paupières closes et paumes en conques sur ses oreilles.

Cette attitude, je le savais à présent, me disait qu'il n'était plus là, ou qu'il ne *voulait* plus être là.

Oh ! ce visage sans voix, clos de toutes parts, lisse et opaque comme les galets de ses plages, pourtant si chantants, irisés de mer et si chauds, caressés de soleil.

Allah ! Que la cloche ne sonne surtout pas ! Je regardai ma montre. Encore cinq minutes. Cinq petites minutes pour… quoi, en fait ? Le silence ou son histoire-refuge qui rimait son choix de solitude d'une voix diaphane comme rayon de lune :

*La baleine un jour m'avalera.*
*Tous les rivages elle me montrera*
*Et comme aucun ne me plaira...*

Surtout qu'il ne dise pas « merci », de ces mercis claquant comme verrou tiré au nez d'un importun.

Il dit : « Toi, alors !... » et s'en fut sur ses trois points de suspension : trois petits lampions, prémices de fête.

Je ne sais ce qui me poussa à sortir du bureau et à descendre jusqu'au premier palier. Je l'aperçus dans le hall, près des sandwichs. Il les regardait, pensif, son petit paquet serré contre sa poitrine. Au bout d'un long moment, il le déposa sur les autres et gagna la cour.

*

Ce même jour, à quatre heures, il me trouva à la chapelle.

« Je t'ai cherché dans tout le collège, chuchota-t-il. Viens dehors, s'il te plaît. Juste une minute. Je veux savoir quelque chose.

— Pourquoi dehors ? Tu peux parler ici.

— Je n'aime pas les *dedans*. Je n'y reste que lorsque j'y suis obligé. Je ne viens jamais ici. Tu as dû le voir, comme tu as vu que je ne mangeais pas.

— Non, petit bonhomme, je ne l'ai pas vu, parce qu'ici, pas plus qu'ailleurs, je ne suis *surveillant*. J'y viens pour prier et non pour épier qui entre et qui sort, qui se recueille et qui bâille. Ceux qui viennent ici, le matin et à la récréation de midi, le font librement. Cela ne regarde que le Seigneur, puisque c'est Lui qu'ils viennent voir. Dans la cour, non plus, je ne te surveille pas. Je te regarde, toi et les autres, comme on regarde ceux qu'on aime, avec bonheur et tendresse, toujours, avec anxiété, parfois, et prière pour que Dieu vous préserve de tout mal.

— Pourquoi est-ce que tu nous aimes ? Tu ne nous connais pas. Bon, enchaîna-t-il, sans attendre ma réponse. Je veux bien rester ici. Voilà ! Quand quelqu'un te donne quelque chose de précis et que toi, tu utilises cette chose pour autre chose, est-ce que tu as trompé ce quelqu'un ? »

Si je ne l'avais vu déposer ses sandwichs dans le hall, j'aurais eu autant de mal à saisir sa question qu'à lui soutirer des éclaircissements.

« Cela dépend de ce qu'on donne, dis-je, aussi doctoral qu'il le souhaitait. Si quelqu'un te donne un médicament parce que tu es malade et qu'en ne le prenant pas, tu le serais encore plus... »

Et puis, non ! cela ne répondait pas à son geste du matin. Je le vis allonger une lippe déçue. Je n'étais pas supposé savoir à quoi il faisait allusion, mais j'étais supposé comprendre. Le comprendre. Sa question n'était sans doute qu'un prétexte, une avance encore réticente, mais pleine du désir de m'ouvrir une lucarne dans sa solitude. Puisque j'étais rentré dans ses « jeux », je pouvais, peut-être, aussi bien rentrer dans son désert. Je dis « désert », parce qu'il n'y avait pas d'êtres dans ses voyages, à part une baleine-vaisseau qu'il oublierait très vite, une fois loin du monde.

« Et puis, non ! dis-je tout haut. Écoute, Milad ! Une fois qu'on a donné une chose, elle ne nous appartient plus. Celui qui la reçoit est libre d'en faire ce qu'il veut. Elle lui appartient. Il y a quelque chose qui va bien plus loin que le don en soi. Il y a la reconnaissance et l'acceptation du choix de l'autre, de sa liberté. Il y a aussi la reconnaissance et l'acceptation de son jugement.

— Ouf ! fit-il, c'est tout ce que je voulais savoir. Bon ! (que je commençais à aimer ce *Bon !,* annonciateur d'un plus grand entrebâillement de sa lucarne). On m'a donné beaucoup de choses dans ma vie. Du pain, des habits, des livres. Je n'aime pas qu'on me donne. Je n'aime pas qu'on me regarde comme si... Même chez la téta, il y a des pensées spéciales dans sa tête, quand elle me regarde. Je les ENTENDS, je te le jure. Et puis, ce n'est pas toujours moi qu'elle voit. Toi, tu regardes tous les enfants pareil. Alors, je crois que je suis comme les autres. Je sais que je ne suis pas comme les autres. Je suis né d'une maman morte. Si tu me touches, tu touches la mort. Si tu me regardes, tu regardes la mort. »

Sa voix n'était plus qu'un murmure et mon cœur cognait fort dans ma poitrine. Ô Dieu ! de tous les enfants que tu m'as donnés à aimer, jamais je n'ai entendu si noire détresse. Que pouvais-je dire, que pouvais-je faire, sinon le bercer en silence, l'apaiser en silence, lui insuffler quelques gouttes de vie pour chasser la mort, omniprésente dans son cœur ?

Mais je ne pouvais le prendre contre mon cœur. Il était encore inaccessible, tassé en boule sur sa chaise, ses bras encerclant ses jambes, son menton sur les genoux, fermé comme ces fleurs qui s'enroulent sur elles-mêmes dès qu'on les touche.

« Ce matin, dit-il de cette voix feutrée qu'il prenait lorsqu'il se parlait à lui-même, j'étais un peu content, parce que j'ai fait quelque chose comme les autres. Mais dans la cour, j'ai pensé que je ne pouvais rien dire à personne. Ils sont trop loin, tous. Ils sont dans le bruit. C'est comme dans les abris, avec les bombes en moins. Mais les bombes, je les entends dans ma tête. Alors je me dis que je ne suis pas là, qu'elles ne peuvent pas m'écrabouiller, puisque je ne suis pas là et qu'un jour la baleine... »

Il repartait dans ses voyages et je n'osais faire un geste de peur qu'il se taise. Il fallait qu'il aille jusqu'au bout de ses terreurs. Et c'est par sa baleine ailée, seule capable, voulait-il croire, de le soustraire à ses frayeurs, que cet enfant cerné de mort s'accrochait à la vie.

Ô Seigneur, entends-le ! priai-je de toutes mes forces. Ô faiseurs de guerre, entendez-le ! Entendez tous les enfants de la peur que vous maintenez dans la mort. Arrêtez un instant de vous battre et écoutez ce petit comme vous pourriez écouter des millions d'autres. Écoutez-les comme vous aimiez qu'on vous écoute, lorsque vous étiez enfants, avec les yeux, les oreilles, le sourire et les étreintes d'une mère. Alors vous comprendrez que tout manque d'amour, et à plus forte raison toute guerre, est parricide, matricide, fratricide, assassinat d'enfants, assassinat de la terre.

Milad releva la tête et, du menton, désigna l'autel.

« Est-ce qu'il y a vraiment quelqu'un dans les tabernacles ? demanda-t-il avec une expression de profond étonnement. Ça me fait peur d'y penser.

— Tu as peur du Seigneur ?

— Le Seigneur, je ne le SENS pas. S'il est vraiment là, pourquoi reste-t-il enfermé ? Pourquoi a-t-il tant de prisons ? La téta me prend à l'église, le dimanche et les jours de fête. Son église me fait peur. Le tabernacle ressemble à... à... je ne peux pas te dire à quoi, parce que ça me rend fou. Je n'aime pas les *dedans*, parce que je crois qu'il y a tout le temps quelqu'un derrière moi, qui va me sauter dessus, m'étrangler et me précipiter dans une tombe. Dehors, il y a la mer. Quand elle m'enveloppe, je sais que personne ne peut m'atteindre. Et sur la lune, il n'y a pas de cimetière. »

Il se tut brusquement, déroula ses jambes et s'étira.

« Il faut rentrer, dis-je. La nuit est là. On va s'inquiéter, chez toi.

— Oh ! ça..., fit-il avec une moue dédaigneuse. »

Ce n'était pas le moment de mentionner sa grand-mère, mais des semaines pouvaient s'écouler avant que Milad ne manifestât à nouveau le désir de parler. Et encore fallait-il qu'il pût me trouver seul. J'étais trop pris. J'avais des centaines d'autres enfants à voir et à écouter, des centaines de parents à voir et à écouter. J'aurais aimé pouvoir tout lâcher et n'être qu'à lui, pendant quelque temps. Mais il y avait bien d'autres enfants pour lesquels j'aurais autant aimé pouvoir tout lâcher et n'être qu'à eux, jusqu'à ce que leur regard soit empli de sourire.

« Milad, dis-je à contrecœur, je voudrais voir ta grand-mère. »

Pour la première fois, du moins en ma présence, il se départit de sa placidité et demanda violemment :

« Pourquoi ?

— Tu sais bien que je vois beaucoup de parents.

— Non, je ne le sais pas. N'invente pas des raisons. Si c'est pour parler de moi, c'est perdu d'avance. Elle ne sait rien de moi. Je ne lui parle pas.

— Et la voisine ?

— C'est pareil. Je ne lui parle pas. N'y va pas, n'y va pas !

— Tu joues au muet avec elles, ou quoi ? insinuai-je dans l'espoir de dénouer son angoisse, en l'amenant à se rebiffer. Mais il reprit son enroulement sur lui-même et enfouit son visage entre ses genoux. Sa voix me parvenait étouffée et plus angoissée que jamais :

— Non, qu'est-ce que tu vas chercher ? Je dis bonjour, bonsoir et bonne nuit. Je dis merci, s'il te plaît et des choses comme ça. Je suis sage et poli. N'y va pas ! Elle dort. Je veux dire qu'elle dort en ce qui me concerne. Ne réveille pas des choses qu'elle ne voit pas.

— Milad, il est naturel que je souhaite la voir.

— Non, cria-t-il. Avant de venir ici, j'étais tranquille. Tu me forces à parler. Tu me forces à penser à des choses et à voir des choses. Je n'en veux pas. Toi, tu ne dis presque rien. Tu écoutes ce que tu m'obliges à dire. Il ne fallait pas me regarder pareil que les autres. Je te déteste. Je veux la baleine, maintenant. Mais elle ne viendra pas. Tu crois que je crois qu'elle viendra ? Personne ne viendra. Je veux papa et maman. Où ils sont ? Dis-moi où ils sont. Personne ne le sait et ne me dis pas, comme les autres, qu'ils sont au ciel. Il n'y a pas de ciel et il n'y a pas de Seigneur. Il n'y a rien et vous êtes tous des menteurs. Regarde-le, ton ciel. Par où peux-tu y entrer ? Il est fermé de partout. Il n'y a que dans la mer qu'on peut entrer... Non, ne me touche pas ! Je te déteste ! Et si tu vas chez la vieille, je rentrerai dans la mer et je n'en sortirai plus jamais. »

Il partit comme une flèche, abandonnant le cartable qu'il avait déposé sur une chaise.

« Crie mon tout-petit, priai-je. Vide-toi de toutes les absences qui te livrent à la mer comme un youyou en dérive. Vide-toi de tous les silences qui, en toi, font plus de bruit qu'un déferlement de bombes. Crie, mon tout-petit, mon vagabond de la lune, car au bout de ton cri se trouve ton aurore, en attente des pays où tu prendras racine. Des pays encore plus grands et plus beaux que tes rêves d'évasion. Je ne parle pas du Liban où tu n'as eu que chemins barrés et marche à rebours. Je ne parle pas des maisons que tu fuis comme des tombes. Je parle de mon cœur, d'abord, que j'ouvre, immense, pour dénouer le tien, et des milliers d'autres cœurs, ensuite, que tu habiteras, et qui t'habiteront, comme les lampes des sanctuaires où seule la tendresse EST. Alors tu sauras que, quels que soient les tremblements de corps et d'âme que les guerres nous imposent, la vie, quand on en fait le choix, est une histoire d'amour, qui nous mène, d'un élan à l'autre, vers la paume lumineuse et infinissante de Dieu.

« Crie, mon tout-petit. Tu me détestes et

je trouve cela immense comme bruissement de sève que réveille le printemps. Si tu me détestes avec ce regard d'appel, c'est que tu entends, enfin, les battements de ton cœur, et qu'ils te font mal, parce que tu n'en savais pas la force, et qu'ils te font peur, parce que tu n'en savais pas l'exigence. Désormais, il ne pleuvra plus sur ton abandon, mais sur ta floraison. Désormais, tu porteras la mer, plus qu'elle ne te portera. Tu porteras Dieu, le ciel et la terre, lorsque tes " Je te déteste ", lancés à moi, à ta grand-mère et à la vie, se transformeront en poignées de " Je t'aime ", grains vivants entre tes mains pour toutes les faims que tu rencontreras. »

*

Il s'offrit trois jours d'éclipse. Je ne m'en inquiétai pas. Je relevai quand même son adresse, au secrétariat du collège, et m'en fus explorer son tronçon de littoral. Je l'aperçus de loin, tête nue sous la pluie, les pieds dans l'eau. Il lançait des galets à la mer. Je ne craignais plus qu'il attrape mal. Tiède ou froide, l'eau était son élément. Alors que mes autres enfants aspiraient tous à retrouver la chaleur et surtout la permanence d'un foyer ; alors qu'ils ne se sentaient en sécurité que dans des espaces bien délimités, lui ne cherchait qu'à s'imbiber de mer, de pluie, de vent et d'espaces ouverts. Étrange, ce qu'il paraissait « accordé » à la mouvance et à la rumeur des flots. Il lançait ses galets comme on éparpille du grain pour les moineaux, d'un geste d'invite aussi pépiant que la voix qui les appelle. Je ne voyais pas son visage, mais je n'aurais pas été autrement surpris qu'il parlât à la mer.

Le quatrième jour, il s'amena au collège bien plus tôt qu'à son habitude. Je me dirigeais vers la chapelle lorsque, sans rien dire, sans même me regarder, il me prit la main et m'entraîna dans mon bureau. Il me tendit un billet ; je lui tendis son cartable.

« Tu m'as manqué », dis-je.

Son visage s'éclaira, mais il garda le silence.

« Tu m'as beaucoup manqué, repris-je.

— Oh ! fit-il avec une moue sceptique. Tu dis ça, comme ça ! Tu dois le dire à tout le monde, non ?

— Je le dis parce que c'est vrai.

— Possible. Toi, tu n'as pas besoin de mentir.

— A propos de... d'entorse à la vérité, comment as-tu expliqué ton absence et celle de ton cartable ?

— Tu le sais bien. La preuve, tu ne demandes pas pourquoi j'étais absent, mais qu'est-ce que j'ai bien pu raconter à la vieille. Pourtant, il y a plein de grippés en ce moment. Et si j'avais été malade ? Non ?... Évidemment, ça ne marche pas, avec toi. Bon !... Je sortais le matin et je rentrais l'après-midi, aux heures habituelles. Nous sommes en période de révision. Comme je suis bon élève et que je retiens tout, je n'ai pas besoin de traîner le cartable. La vieille, elle avale n'importe quoi. S'il te plaît, n'ouvre pas le billet avant que je sois en classe.

— A propos de billet, je vais t'en rédiger un pour excuser ton absence, sans quoi on ne t'acceptera pas en classe.

— Pourquoi ?

— C'est le règlement.

— Et... tu ne me punis pas ?

— Non.

— Même alors que tu sais combien je mens ? »

Non, petit bonhomme, pensai-je, tu ne mens pas. Tu te défends comme tu le peux. Les mensonges d'un enfant ne viennent qu'avec la peur. Et au nom de quel principe devrais-je t'imposer la franchise, avant de t'enrober de tendresse et de confiance ? Au nom de quel principe ou de quel règlement devrais-je punir trois jours de désarroi, trois jours à t'agripper à ta solitude, trompé, comme tu le croyais, dans ta confiance naissante ?

« Tu ne t'es pas absenté par caprice, dis-je, et je pense que tu ne le referas plus.

— Non, dit-il, je ne le referai plus. Et je ne mens pas exprès, je te le jure ! Je ne peux pas m'en empêcher : ça vient tout seul. La nuit, des fois, je rêve qu'on me punit, parce que je ne suis pas comme les autres et que je fais trop de choses pas bien. C'est à cause de moi que maman est morte, n'est-ce pas ? Une fois j'ai entendu la vieille qui disait à la voisine qu'on aurait pu la sauver si je n'étais pas arrivé plut tôt que prévu. Peut-être qu'il aurait mieux valu que je n'arrive pas du tout, non ? Je déteste la vieille. Elle sait et elle voit des choses que je ne sais pas et que je ne vois pas. C'est grave de dire à un directeur qu'on le déteste, n'est-ce pas ? J'avais peur de revenir. J'ai pensé que je ne reviendrais plus jamais ici. Puis j'ai pensé que la vieille m'y obligerait et que, de toute façon, je ne pouvais aller nulle part. Je ne suis pas assez grand. Puis j'ai pensé que quand j'ai crié, tu ne t'es pas mis en colère. Tu me regardais pareil que toujours. Sur le moment, quand tu t'es avancé, j'ai cru que tu allais me battre. Puis j'ai pensé que tu ne m'as jamais grondé. Je veux dire que tu n'as jamais crié après moi. Et j'ai pensé aussi que tu allais quand même me punir. Une ÉNORME punition. Je le mérite, non ? Mais ça m'était égal parce que tu m'as regardé pareil que toujours. Et je suis revenu. Si je n'étais pas revenu, tu serais allé me chercher ?

— Oui, et tu le sais.

— Je t'ai vu au bord de la mer, dans ta voiture. C'est moi que tu regardais ?

— Oui.

— Tu as dit : " Je vais aller voir Milad, des fois qu'il aurait peur de revenir ? "

— Non. Je me suis dit : " Milad me manque, je vais juste aller le voir, de loin, en attendant qu'il revienne. ". »

Il fronça son petit nez et j'eus le sentiment qu'il ne désirait pas vraiment que je parle. Il préférait deviner ou imaginer les choses et c'était mieux ainsi, puisque je ne voulais rien lui imposer.

« Bon, se décida-t-il. Alors, je vais te dire. Papa aussi est mort. Il n'y a pas que maman. Je ne voulais pas que la vieille te le dise. Aux autres, elle peut inventer une histoire. Avec toi, ça aurait été difficile. Je ne voulais pas, non plus, qu'elle se mêle de nous deux. Voilà ! Je peux te demander quelque chose ? Est-ce que... si... est-ce que...

— Personne ne le saura, si c'est cela que tu veux me demander.

— Toi, alors !... »

Et il s'en fut sur ses trois points de suspension, trois grandes étoiles en prélude de fête.

*

J'ouvris son billet. Il ne comportait qu'un énorme PARDON qui me chavira le cœur. Je le portai à la chapelle. « Voici la prière de ton tout petit vagabond de la lune, dis-je au Seigneur. Est-il permis qu'il demande pardon pour un élan de vie ? Est-il permis qu'il demande pardon pour ses angoisses et ses exils répétés qu'aucune tendresse n'illumine ? Il ne te SENT pas, Seigneur et cela aussi est sa prière. Prends-le dans ton souffle et donne-moi de savoir lui faire SENTIR que nous l'aimons, infiniment. »

*

Il reprit sa place, en classe, encore plus sage et appliqué qu'auparavant. Son carnet de Noël fut plus que satisfaisant. Alors que je devais encourager d'autres à de plus grands efforts, à lui j'étais tenté de demander pourquoi il travaillait si bien. « Pour qu'on me laisse tranquille », m'aurait-il répondu.

« Pour qu'on me laisse tranquille et pour en finir le plus tôt possible avec l'école, me dira-t-il, plus tard. Ce n'est pas compliqué d'avoir de bonnes notes. J'ai de la mémoire, je n'ai qu'à resservir ce qu'elle avale. Même pas besoin de tout comprendre. La vieille pense que c'est parce que je lis beaucoup que je suis bon à l'école. Au moins elle me laisse lire ce que je veux et elle ne m'oblige plus à avoir des amis. »

Nous recommençâmes à jouer au chat et à la souris. Singulière nuance : il était le chat, et moi la souris. Je le laissais mener le jeu à sa guise. Après tout, il savait que je le « regardais », comme il se plaisait à le dire, tout en ne manquant pas d'ajouter, avec une ombre de désappointement : « Mais tu regardes tous les enfants pareil. » Un matin, cependant, il m'apporta une fleur. « C'est mon tour de prière, aujourd'hui, m'expliqua-t-il. J'ai une fleur pour toi et une autre pour la classe. Tu veux voir la prière ? »

Il me la tendit comme un cadeau. Il s'était contenté de copier le refrain d'un de mes chants.

« Tu ne t'es pas foulé la rate, remarquai-je. Tu n'as rien de personnel à dire au Seigneur ?

— Non, rien ! Comment veux-tu que je parle à quelqu'un que je ne SENS pas ?

— Tu as fait ta première communion ?

— Oui. C'était il y a des siècles. La vieille m'a fait étudier des réponses, je les ai récitées à un prêtre et j'ai fait une confession. J'avais rien d'autre à dire que seulement j'avais menti et désobéi. Puis un dimanche, la vieille a invité des gens et elle m'a fait communier. Ils n'ont pas arrêté de pleurer pendant toute la messe. C'était comme à un enterrement. Quand on me regarde, on voit la mort. Je te l'ai dit. Fais-moi une prière personnelle, s'il te plaît.

— Qu'est-ce que tu me dirais, à moi ?

— Je te dirais... Oh ! je ne sais pas. J'aime bien te parler, c'est tout. Je n'ai pas peur de ce que tu pourrais penser de moi. Au contraire, j'ai tout le temps envie que tu m'écoutes. Mais c'est difficile de te trouver seul. Ton bureau, c'est pire que la cour. Fais-moi la prière, s'il te plaît.

— Hum ! Tu pourrais écrire exactement la même chose au Seigneur. Cela ferait une prière on ne peut plus personnelle et spontanée et j'ai idée que le sien de bureau, s'il en avait un, serait pire qu'une entrée de caravansérail. Le hic, c'est que tu ne veux pas parler à quelqu'un que tu ne SENS pas et il vaut mieux que tu ne triches pas avec ton cœur. Mais si je te la fais, ta prière, elle ne serait plus personnelle.

— Et si on faisait chacun un bout de concession ? Je dirai, dans mon cœur, que je la lis à ta place. Comme ça, personne n'aura triché, d'accord ? »

*

En décembre, je dus partir pour la France. Je ne m'absentai qu'une dizaine de jours. A mon retour, je me heurtai à un Milad plus éthéré qu'un rayon de lune. Alors que, du hall d'entrée à mon bureau, je serrai d'innombrables mains et embrassai des essaims d'enfants tout heureux de me revoir, lui me croisa sans m'accorder un regard. Il avait cet air de vacuité qui le coupait de toute communication.

Des corbeilles de fleurs et une pile de messages de bienvenue me surprirent dans mon bureau et cela me fit chaud au cœur. J'étais loin de m'attendre à un accueil aussi rayonnant d'amour.

J'essayai d'attraper Milad, ce même jour, à l'heure de la sortie. Mais, les yeux fermés et les mains plaquées aux oreilles, il secoua la tête en un refus d'une profonde tristesse. Il était vraiment trop loin et je ne savais par quel raccourci le rejoindre, pris, comme je l'étais, dans un tourbillon de préparatifs et de célébrations.

Réunions des professeurs, délibérations, signatures et remise des carnets scolaires, passage dans les classes, accueil des parents, distribution des dons de la journée du kilo, répétitions de la chorale et de la troupe théâtrale, séance récréative des petits, Noël des petits, Noël des grands, Noël des professeurs, Noël des petits handicapés, Noël du personnel soignant, Noël en paroisse, accueil des paroissiens, séance récréative des petits de la paroisse en l'honneur des réfugiés, suivie d'une distribution de cadeaux aux enfants de ces réfugiés, exposition et vente de travaux manuels dans la salle paroissiale au profit des réfugiés, réception et distribution de dons envoyés de l'étranger, accueil d'amis français, venus spécialement passer Noël avec nous, en signe d'amitié et de solidarité...

Où était mon vagabond de la lune, dans cette guirlande de Noël ? Et pourquoi son immense tristesse, alors que les églises, les maisons et les rues étaient envol de chants, de cloches et de rires d'enfants, vibrants comme grelots argentés, éparpillés dans le ciel ? Sur quelle plage errait-il, à la recherche de sa baleine ? Il avait refermé sa lucarne et j'avais mal pour lui, terriblement.

La séance récréative des petits du collège fut une féerie de danses, de chants, de poèmes, de « Joyeux Noël et Bonne Année » lancés du haut de la scène où ils évoluèrent, classe après classe, revêtus de leurs plus beaux atours ou parés de diadèmes, de coiffes, de collerettes ou de jupettes en papier crépon de toutes les couleurs. J'admirais la douceur et la patience de leurs *Mamoizelles,* si proches de « leurs enfants », qu'elles n'eurent pas besoin d'élever la voix pour obtenir le calme. Un sourire, un geste, et tout ce petit monde se rassemblait autour d'elles, prêt à nous charmer par ses gracieuses arabesques.

« Seigneur, priai-je, tu vois comme ils sont beaux et paisibles. Puisse leur vie entière être lumière, chants, danses et couleurs comme en ce jour. Puissent-ils ne plus jamais connaître les bombes, les corps calcinés, les maisons écroulées. Puisse la haine ne jamais s'emparer de leurs cœurs. »

J'étais heureux de passer Noël dans mon pays. J'étais surtout heureux de constater que treize ans de guerre, doublés d'une inflation galopante, n'avaient pas altéré la générosité et la joie de vivre des Libanais. Partout, dans tous les secteurs, dans toutes les paroisses, chacun s'ingéniait à communiquer la joie et l'espérance. Pour la première fois de notre vie, nous ne vîmes aucune décoration dans les rues. Nous ne pouvions plus nous le permettre. Mais nous pouvions toujours nous permettre le partage. Partout, jouets, friandises, vêtements et nourriture furent offerts aux déplacés. Et le soir de Noël, les cloches carillonnèrent comme aux plus beaux jours de paix et d'abondance. Les petits de ma paroisse se groupèrent autour de la crèche de l'église, habillés en anges, bergers et bergères, magnifiques de recueillement et de bonheur.

*

A la rentrée, Milad sembla de nouveau disposé à communiquer. Il répondit gentiment aux vœux de Bonne Année qui fusaient de toute part. Lorsqu'il m'aperçut, dans le hall du collège, il vint vers moi, solennel comme un ambassadeur qui présente ses lettres de créance, et me servit la formule traditionnelle :

« Puisses-tu chaque année être dans la paix et le bien, Abouna !

— Toi aussi, petit bonhomme, répondis-je. Je te souhaite plein de paix et de bonheur. As-tu passé un bon Noël ? »

Il haussa les épaules et déclara, dédaigneux :

« Noël, c'est rien ! C'est vraiment rien ! Sauf que trois jours avant, c'est l'anniversaire.

— L'anniversaire de quoi, Milad ?

— Il y a trop de monde ici. Je ne peux pas répondre.

— Il y a trop de bruit et personne ne t'entendra. L'anniversaire de quoi, s'il te plaît ?

— De la nuit où je suis né.

— Pourquoi ne me l'as-tu pas dit ? J'aurais aimé...

— Me fêter ? Pourquoi ? dit-il vivement. L'anniversaire, c'est comme Noël, c'est vraiment rien, sauf que je change d'âge. Avant, j'avais huit ans. Maintenant, j'ai neuf ans. Ce n'est plus la peine que tu ailles voir la téta. Elle veut venir elle-même. Elle veut te fêter. Ne te fatigue surtout pas à lui poser des questions. N'oublie pas qu'elle ne sait rien. Elle ne me connaît pas. »

Sa feinte indifférence me serra le cœur. Je l'entraînai à l'écart et l'obligeai à s'asseoir sur un banc.

« Milad..., commençai-je.

— Ne me regarde pas comme ça, coupa-t-il, qu'on dirait que tu entends les pensées. Bon !... Je n'aime pas l'anniversaire. Ça ne fait pas seulement que je change d'âge, ça fait aussi neuf ans que maman est morte. Voilà ! Alors, comment veux-tu qu'on fête Noël ? La vieille, elle essaye. Elle fait un arbre et une crèche, mais autour, elle ne voit que des fantômes et je suis bien obligé de les sentir avec elle. Mais elle, elle sait comment ils étaient vivants. Moi, je ne vois qu'un trou noir et je crois que je vais tomber dedans comme dans une tombe. Ne me regarde plus comme ça, que chaque fois tu m'obliges à parler. Où sont tes parents ?

— Au ciel, tous les deux.

— Il n'y a personne dans le ciel. Raconte-les-moi, quand même. Tu veux ?

— Bien sûr. Je le ferai un jour où nous aurons un peu plus de temps.

— Oh ! Alors ça n'arrivera jamais. Vingt fois, au moins, depuis tout à l'heure, que tu fais signe aux autres de patienter.

— Attends-moi aujourd'hui à la sortie. Je te ramènerai en voiture. Si ta grand-mère est là, nous lui demanderons la permission d'aller faire un tour.

— Tu ne vas pas oublier ? s'inquiéta-t-il. Pardon, ajouta-t-il très vite. Je sais que tu n'oublies rien. J'ai seulement peur que des gens te retiennent. »

*

1. La Téta racontait le Liban d'autrefois, mais Mélad n'écoutait pas.

2. Mélad se recueillait sur ses voyages.

3. Noël sous les bombes... et des enfants magnifiques de recueillement et d'espérance.

4. Et les maisons prenaient un air d'absence.

5. Tous se laissent porter, petits oiseaux chassés de leurs nids, si avides de s'envelopper de chaleur.

6. La journée du kilo en paroisse... Puisse la haine ne jamais s'emparer de leur cœur !

7. Un sandwich pour un frère plus démuni.

8. Qu'est-ce qu'un kilo offert par chacun, alors que leur somme pouvait accorder tant de soulagement aux miséreux?

9. Que la mer est belle vue des montagnes!

10. Il jettera son ancre... pour un temps... mais il repartira... emporté par ses rêves... d'étoile en étoile... toujours plus loin.

11. Sans la terre, aucune fleur ne peut s'élancer vers le ciel.

12. Il vous quittera sans un mot, sans se retourner.

Il déposa son cartable sur le siège arrière de la voiture, enjamba le siège avant et s'y installa en boule.

« Elle n'est pas jolie, ta voiture, décréta-t-il. Je n'aime pas sa couleur. Elle ne va pas avec toi. »

Je ris. J'aimais sa façon d'associer les couleurs aux personnes. Pour lui (il me l'avait dit avant mon départ pour la France), sa grand-mère était noire (elle avait trop longtemps porté le deuil), sa voisine était marron et ses professeurs, gris. Sa mère ne pouvait être que miel et argent, « tout à fait comme les chemins de lune, sur la mer », avait-il précisé. Son père, évidemment, revêtait les flamboiements d'un coucher de soleil. « Mais ce n'est pas drôle, s'était-il plaint. Je sais qu'ils auraient eu ces couleurs et je les vois tout le temps dans du noir. » Quant à moi, je fus surpris et heureux d'apprendre qu'il m'accordait au lissé bleu des vagues, les matins d'été. Mais lorsque je lui demandai quelle couleur il s'attribuait : « Aucune, répondit-il. La plupart du temps, je me plais à penser que je suis invisible. »

Etrange petit poète. Pour moi, il était un merveilleux balbutiement, encore en suspens entre le ciel et la mer. Mais, pensais-je, il ne s'implantera jamais dans un pays. La terre ne lui est que cimetière et il en a peur. La mer, en revanche, le « porte », comme il dit, lui donne légèreté, immensité et chemins de lune pour aller vers un appel que lui seul entend.

« Le collège non plus ne va pas avec toi, m'assura-t-il. Il est gris et tout en carré. Je n'aime pas.

— Evidemment, dis-je, il ne ressemble pas à la mer. De toute façon, collèges, immeubles ou maisons, tu n'aimes pas les murs.

— C'est vrai, mais de toute façon, ceux du collège ne vont pas avec toi et je parie que toi aussi, tu n'aimes pas les murs.

— On ne peut pas toujours s'en passer, surtout en hiver.

— Pourquoi fais-tu semblant de ne pas comprendre les pensées ? Bon ! C'est vrai que tu veux bien me raconter tes parents ?

— Oui.

— Tu me diras TOUT, TOUT, TOUT ?

— Je répondrai à tes questions. Mais, dis-moi, qu'est-ce que c'était que cet attroupement autour de toi, à la récréation de midi ?

— Tu nous as vus ? Rien ne t'échappe, hein ? »

Il se déroula, s'étira et déclara avec une évidente satisfaction :

« Je les ai rassasiés de mensonges. Ça leur apprendra !

— Ça leur apprendra, quoi ?

— Ils racontaient leur Noël. Et maman a fait ça, et papa a fait ça, et mes oncles, et mes tantes, et mes grands-parents, et mes sœurs, et mes frères, et mes cousins et mes voisins, et mes amis, et mes arbres, et mes crèches, et mes messes, et mes chants, et mes cadeaux... Ouf ! Ça n'en finissait plus. Et toi ? qu'ils m'ont dit. Eh bien, moi, que j'ai dit, on a invité tant de monde, qu'ils ne pouvaient pas rentrer dans une maison. De toute façon, papa m'avait fait un arbre aussi large et aussi haut que la salle de séjour. Alors on a pris les grands-parents, les oncles, les tantes, les cousins et tout le reste sur un bateau. On a été jusqu'à Chypre. Ziyad a dit que j'étais un menteur. Celui-là, il est toujours à me contredire, mais c'est facile de le faire taire. Prouve-le ! que je lui ai dit. Oui, prouve-le ! que Leyla lui a dit. Alors, il s'est tu. Mais Leyla, elle m'admire. Attends, je vais te montrer quelque chose. »

Il extirpa une boule de papier de sa poche et entreprit de la lisser.

« C'est une lettre, expliqua-t-il. Elle est toute froissée, faudrait la repasser. Ecoute ce qu'elle écrit.

— Qui ?

— Leyla, voyons ! Ecoute : “ Je sais que tes histoires ne sont pas vraies, mais personne, ici, n'en invente de si jolies. Je veux être ton amie, dis que tu le veux, aussi. ” J'ai gardé ça pour te le montrer.

— Tu as répondu ?

— Jamais de la vie, s'offusqua-t-il. Qu'est-ce que je ferais de cette fille ? Elle m'encombrerait. D'abord, elle n'arrêterait pas de parler et elle m'empêcherait de penser.

— Mais... toi aussi, tu n'arrêtes pas de parler.

— Est-ce que je t'empêche de penser ?

— Oh, non ! Je suis très content que tu te montres si bavard, avec moi. Très content et très surpris.

— Oh ! C'est que je pense que, peut-être, tu me connais, un peu. Ralentis, on arrive. Elle n'est pas là.

— Qui ?

— La vieille, voyons !

— Comment le sais-tu ? D'ici, il est impossible de voir s'il y a quelqu'un chez toi.

— Je le SENS. Depuis le bout de la rue, je sais toujours si elle y est. Je ne me trompe jamais. Si tu ne me crois pas, vas-y vérifier.

— Je te crois.

— Je vais rentrer, sinon la voisine va poser mille questions et je n'ai plus envie d'inventer des histoires, aujourd'hui. Dis, tu ne pourrais pas me sortir, un autre jour ? Ce trajet est trop court, pour parler de tes parents.

— Pas avant le mois prochain. Le deuxième samedi de février, ça t'irait ?

— C'est un peu loin, mais ça va. Je voulais aussi te dire que, à ton retour de France, je ne t'ai pas souhaité la bienvenue. Tu m'en veux ?

— Non. Ce qui m'a peiné, c'est de te voir triste.

— Je n'étais pas bien, à cause de Noël. Mais j'étais content de te revoir, je te le jure. Tiens, peux-tu, toi-même, jeter cette lettre, s'il te plaît ? Je ne veux pas la trimbaler jusque chez la téta.

— Leyla est très douce. Pourquoi n'essaierais-tu pas de t'en faire une amie ?

— Je te l'ai dit. Et en plus, peut-être qu'elle essaierait de m'embrasser, comme à la télévision. Pouah ! je ne le supporterai pas.

— Tu as la télévision, chez toi ?

— Non, chez la voisine. Parfois elle insiste pour que j'aille voir des programmes intéressants. Il y a des émissions sur le monde sous-marin, les poissons, les coraux, les plongeurs avec des scaphandres et tout, et tout.

— Tu aimerais aller au fond de la mer ?

— Je ne sais pas. Je pense que oui, mais j'aime mieux qu'elle me porte, avec le ciel par-dessus. Sinon, je me sentirais peut-être enfermé. Mais c'est beau, ce qu'on nous montre. N'est-ce pas que c'est beau ? qu'elle dit, la voisine. Oui, madame, que je dis. Il ne faut pas m'appeler madame, qu'elle dit. Il faut m'appeler tante Houda. Et son mari m'apporte des biscuits et des loukoums. Merci, monsieur, que je dis. Il ne faut pas m'appeler monsieur, qu'il dit. Il faut m'appeler oncle Salim. »

Il avait repris sa voix de monologue et ce regard qui ne voyait plus rien. Il ferma les yeux et ajouta dans un murmure :

« Elle ne me touche pas, parce qu'elle sait que je n'aime pas ça. Je suis sage et timide. Renfermé, qu'elle dit. Mais parfois... parfois... je ne sais pas si je n'ai pas envie... parfois... d'aller, juste une seconde, sur ses genoux.

— Pourquoi ne le fais-tu pas ?

— Parce qu'après, je devrais aller sur ceux de la vieille.

— Et alors ? demandai-je très doucement. »

Il se boucha les oreilles, oscilla d'avant en arrière et gémit :

« Ne pose plus de questions. Je ne t'entends plus, je ne te vois plus. Je ne suis pas là. »

Je voulus le prendre dans mes bras, mais il ouvrit la portière, sauta sur le trottoir et détala, abandonnant, une fois de plus, son cartable.

*

Le lendemain, il m'entraîna sur le même banc que la veille, dans le hall du collège.

« Pardon, murmura-t-il.

— Ecoute, Milad, soupirai-je. J'aimerais que tu ne me demandes plus pardon.

— Pourquoi ? »

Comment lui expliquer qu'il n'avait pas à demander pardon, pour sa souffrance d'orphelin ?

« Parce que je t'aime, dis-je. »

Il baissa la tête et amorça son processus de retrait. « Allah, non ! priai-je. Il est temps qu'il m'entende. Il est temps qu'il nous entende, toi et moi. Donne-moi ton cœur et ta voix pour lui dire que tu l'aimes. »

« Je t'aime, Milad, répétai-je, en lui saisissant les mains. »

Il releva la tête et murmura :

« Je te crois. Dis-le encore une fois. S'il te plaît, redis-le.

— Je t'aime, Milad.

— Je te crois, répéta-t-il. Mais tu sais, j'ai tellement peur.

— De quoi, petit bonhomme ?

— Je ne peux pas expliquer. C'est tout autour de moi. Et puis la vieille, ce n'est pas moi qu'elle porterait sur ses genoux. C'est les enfants de ses « hiers », du temps qu'il n'y avait pas la guerre et que je n'étais pas né. C'est tout un village, qu'elle tient sur ses genoux. Des tas de morts. Je les SENS. Oh ! tu entends la cloche ? Vite, le cartable. Je n'ai pas fait les devoirs et je vais me faire attraper. Oh ! pourquoi faut-il que j'aille en classe, juste maintenant ? »

Oui, pourquoi fallait-il qu'il aille en classe, juste maintenant ?

Mais qu'aurais-je pu lui dire de plus... juste maintenant ?

*

Le deuxième samedi de février, il m'attendait dans le hall du collège, son petit nez écrasé contre la vitre de la porte d'entrée.

« Ça fait dix heures que je t'attends, dit-il en guise de bonjour.

— Dix minutes, petit bonhomme. Pas plus.

— C'est bien ce que je dis, ça fait dix heures. La téta t'envoie un mot. Je peux te le lire ?

— Il m'est adressé, Milad. C'est à moi de le lire.

— Tu me diras ce qu'elle écrit ?

— Ce mot t'inquiète ?

— Un peu.

— Eh bien, dis-je en repliant la feuille, elle me remercie de te sortir.

— C'est tout ?

— Presque.

— Elle te demande AUSSI un rendez-vous ?

— Oui.

— Elle ne te dit rien de moi ?

— Pas grand-chose, mais elle semble très bien te connaître.

— Forcément, bougonna-t-il, puisque je vis avec elle. Pourquoi fais-tu toujours semblant de ne pas comprendre les pensées ? Où est-ce que tu m'emmènes ?

— A la montagne, dans ma paroisse.

— Je n'aime pas la montagne. Je n'y ai jamais été, mais je ne l'aime pas.

— Où était ton village ?

— Je ne sais pas. Quelque part dans la montagne.

— Tu vas découvrir de nouveaux paysages, des bois, des fleurs, des maisons anciennes...

— Je n'aime pas les paysages, je n'aime pas les bois, je n'aime pas les fleurs, je n'aime pas les maisons anciennes... psalmodia-t-il en s'installant, encore en boule, dans la voiture.

— Je n'aime pas la vieille, je n'aime pas la voisine, je n'aime pas le Liban, je n'aime pas les gens..., psalmodiai-je à mon tour. Dis-moi, petit bonhomme. A part la mer et les livres, qu'est-ce qui...

— Peut-être, coupa-t-il en me lançant un regard furieux, peut-être que je t'aime, toi.

— Peut-être ?

— Oui, peut-être. Comment veux-tu que je le sache ? Tu me détraques. Je ne peux plus lire comme avant, je ne peux plus nager comme avant, je ne suis plus tranquille, quoi !

— Tu nages, en hiver ?

— Bien sûr, quand il fait soleil. Parce que quand il pleut, la vieille me le défend. Avant, quand je nageais, je ne pensais à rien. Tout moi était content. Maintenant, j'oublie que je suis dans l'eau, parce que je pense à d'autres choses. Je pense à des gens.

— Quels gens ?

— Toi, les élèves, ta chorale et tous ceux que tu vois. Comment peux-tu être content avec tout le monde ? Comment peux-tu parler à tous ces gens ? Tiens, rien qu'hier, tu as vu huit élèves. Des grands et des petits.

— Tu les comptes ?

— Non ! Oui ! Ils avaient des problèmes.

— Comment le sais-tu ? Ne me dis pas que tu le SENS.

— Je le sais à leur air. Moi, je n'ai pas de problèmes. Je te vois, parce que j'ai envie de te voir, seulement.

— Nous commençons à grimper, dis-je.

Redresse-toi et regarde autour de toi. Nous allons avoir plein de tournants. »

Il s'agenouilla sur son siège, les yeux fermés.

« Je ne peux rien voir, dit-il, parce que, d'abord, il n'y a rien à voir.

— Dommage, répliquai-je, parce que moi, je vois la mer. »

Il ouvrit immédiatement les yeux et...

« Arrête, exhala-t-il dans un souffle. Arrête, que c'est trop beau ! Je ne l'avais jamais vue de haut. C'est drôle comme elle paraît silencieuse et immobile. Elle est tout autre. Même ses couleurs sont tout autres. C'est comme ça qu'on la voit, des nuages ? Ce qu'elle est belle, vue d'ici.

— Elle est belle, vue de partout. Il y a énormément de choses qui sont belles, vues de partout. Regarde les bois. On y sent déjà le printemps. C'est tout plein de fleurs.

— Où ça ? Je ne vois que la mer.

— Évidemment, tu as les yeux uniquement braqués dessus. Tourne-toi, nous arrivons. Voilà ma paroisse. Elle te plaît ?

— On dirait qu'elle est suspendue entre le ciel et la mer. C'est drôle et ça donne envie d'aller encore plus haut. Qu'est-ce que c'est que ces cris ? Ils sont fous ou quoi ? »

Ces cris d'Apaches à l'assaut d'un fortin n'étaient autres que l'expression d'accueil d'une dizaine d'enfants, garçons et filles, qui se précipitèrent contre la voiture, au risque de se faire renverser. Je m'arrêtai. Ils ouvrirent les portières et s'entassèrent à l'arrière. L'un d'eux se laissa basculer vers l'avant et atterrit sur mes genoux.

« Je peux tenir le volant avec toi, Abouna ? » demanda-t-il en me plaquant une bise sonore sur la joue.

Ce n'était pas chose à laisser faire, mais en conduisant très, très lentement, juste quelques mètres... Après tout, ces gosses ne marchaient pas encore, qu'ils avaient tous ainsi conduit avec leurs pères, leurs oncles ou des voisins. Je fis les présentations. Ils saluèrent gaiement un Milad qui, pour toute réponse, coinça sa tête entre ses genoux.

« Qu'est-ce qu'il a ? Il est malade ? s'attendrirent mes Apaches en chœur.

— Oui, dis-je. En ce moment, il EST malade. »

Je fus aussitôt noyé de conseils et de propositions d'aide :

« Donne-lui un verre d'eau.

— L'eau, c'est pour rafraîchir, ça ne

remet pas d'aplomb. Je peux t'apporter un sirop de roses.

— Un sirop de roses, c'est aussi pour rafraîchir. Donne-lui une citronnade.

— Plutôt un sirop de mûres. Ça réveille.

— Quand on est malade, ça barbouille. De la fleur d'oranger, c'est mieux.

— Tu as du Panadol chez toi, Abouna ? Je vais t'en chercher, à la maison ?

— On t'envoie nos mamans ? conclurent-ils en chœur.

— Non, dis-je. Il a surtout besoin de calme. Ne parlez pas tous à la fois.

— Ta voiture est trop jolie, gazouilla mon copilote. On ne peut pas être malade, là-dedans.

— Elle est affreuse, hurla Milad. »

Un silence horrifié plana quelques secondes au-dessus de ma tête. Allah, qu'avais-je fait ? Je n'aurais pas dû le promener par ici. Pas encore.

« C'est son esprit qui est malade, couina mon copilote. Comment ose-t-il dire que ta voiture est affreuse ? Il n'en a pas le droit.

— Oh, que si ! tranchai-je. Il a le droit d'avoir ses opinions et de les exprimer, tout comme toi, en ce moment.

— Mais c'est TA voiture, Abouna. Il ne PEUT PAS ne pas aimer TA voiture, scanda mon copilote, décidément porte-parole de l'indignation collective.

— On en reparlera ce soir, à la réunion d'avant la messe. Maintenant, j'aimerais que vous alliez jouer. Je vais m'occuper de lui.

— Tu es sûr que tu n'as pas besoin d'une maman, redemandèrent-ils en chœur ?

— Oui, sûr.

— Au revoir, Milad, dirent-ils gentiment. On espère que tu vas aller mieux. »

Milad, évidemment, dédaigna de répondre. J'embrassai ma tribu au grand cœur, la bénis, ouvris la porte de ma petite maison et revins ouvrir la portière de Milad.

« Nous débarquons, petit bonhomme, dis-je. Veux-tu te dérouler et sortir de là ? »

Bien entendu, il ne le voulait pas. Et pour mieux le signifier, il croisa ses bras par-dessus sa tête coincée entre ses genoux. Je soulevai un Milad presque aussi rond (mais combien plus pesant) qu'un ballon et le déposai sur un fauteuil.

« Je n'étais pas supposé promener un hérisson, émis-je prudemment.

— Je les déteste, hulula-t-il.

— Le contraire m'étonnerait beaucoup, petit bonhomme.

— C'était MA promenade. Ils m'ont pris MA promenade. »

Ma promenade. Pour la première fois, du moins en ma présence, il usait d'un possessif. Du coup, sa colère me combla de joie.

« Ils ne t'ont rien pris, dis-je. Nous les avons rencontrés par hasard. Je ne pouvais tout de même pas les empêcher de me dire bonjour. Déroule-toi, s'il te plaît. C'était NOTRE promenade et tu es en train de NOUS la gâcher.

— Ils montent toujours dans ta voiture ?

— Souvent.

— Et les autres enfants ?

— Lesquels ?

— Les milliers que tu connais, en dehors du collège et de ta paroisse.

— Souvent. »

Il se redressa, enfin, et vint s'asseoir près de moi.

« Tu les aimes tous ?

— Oui.

— On ne peut aimer cent mille personnes à la fois.

— Si.

— Tous autant les uns que les autres ?

— Oui.

— Moi, si... peut-être... je t'aime, je n'aimerais que toi. Je ne pourrais penser qu'à toi. Il n'y aurait pas de place pour quelqu'un d'autre.

— Ce ne serait qu'un début. Ensuite, plus tu aimeras un être, plus il emplira ton cœur, plus tu te rendras compte qu'il y a de la place pour des milliers d'autres. C'est le propre de l'amour de tout dénouer, de tout ensoleiller, de tout ouvrir.

— Pas la guerre, en tout cas.

— Si, même la guerre. Rien d'autre ne peut la dénouer.

— Où est ma place, chez toi ? Qui je suis, pour toi ?

— Tu es mon vagabond de la lune.

— C'est comme ça que tu m'appelles ? Tu te souviens de tout ce que je te dis, hein ? C'est joli. Ça me plaît beaucoup. »

On sonna à la porte.

« Si c'est encore eux, se renfrogna Milad, je... je...

— Tu leur diras que tu vas mieux et ils seront contents.

— Ils s'en fichent. Ils ne me connaissent pas. C'est toi qu'ils veulent. »

J'ouvris la porte à une jeune fille de seize ans qui désirait m'entretenir... seul. Je la fis passer dans une autre pièce. Les problèmes de ces jeunes, je les connaissais sur le bout des doigts.

« Alors, dis-je, il s'agit encore de l'Élu ?

— Je voudrais sortir avec lui. C'est son anniversaire, aujourd'hui.

— Et alors ?

— Ce n'est pas juste. Tout ce qu'on veut, c'est aller prendre une orangeade à dix kilomètres d'ici. Seuls. Nous sortons toujours en groupe. C'est pour le plaisir de se sentir seuls. Mes parents ont peur.

— Eh oui ! La guerre, que veux-tu ! Il n'y a pas de sécurité sur les routes, surtout le soir. Tu ne peux leur en vouloir.

— Je ne leur en veux pas. Moi-même, j'avais si peur de sortir, il y a quelques mois. Je vais te dire exactement où nous irons et quelle route nous prendrons. Si tu nous couvres, nous aurons la conscience tranquille. Je ne veux ni inquiéter mes parents ni leur faire de la peine.

— Mais ta décision est prise et cela t'est égal de m'inquiéter, moi.

— Non, sourit-elle. Cela ne m'est pas égal. Mais tu es le seul qui peux nous aider. Nous aimerions filer après la messe.

— Et si tes parents téléphonent, tu veux que je leur dise que tu es ici ? Tu me demandes de leur mentir, c'est ça ?

— Pas tout à fait. Tu trouveras bien une formule. Si tu nous couvres, ils ne diront rien, j'en suis sûre. S'il te plaît, Abouna. Je l'aime pour la vie.

— A seize ans et demi... Hum ! Et lui, il assure t'aimer pour la vie, sans nul doute. D'accord, je vous fais confiance.

— Que diras-tu à mes parents ?

— S'ils téléphonent, je leur dirai de ne pas s'inquiéter, tandis que moi, je me rongerai les sangs à vous attendre. Téléphone dès ton retour.

— Nous repasserons par toi, ce sera encore mieux. Oh ! mille mercis, Abouna. »

Elle partit, légère comme un coquelicot. Avec ou sans ma « couverture », rien au monde n'aurait empêché ces deux tourtereaux de fêter — seuls — l'anniversaire de l'Élu. Autant « tranquilliser leurs consciences » et prier le ciel que rien de fâcheux ne leur arrive. Dix kilomètres de route fréquentée, ce n'était tout de même pas la traversée d'un désert. Ni des lignes de démarcations. Mais les loups-garous affectionnent très particulièrement les routes sinueuses des montagnes, la nuit. Et encore plus particulièrement en temps d'inflation. D'où la crainte des parents et la mienne.

Mon coquelicot et son Élu n'étaient pas les premiers à me rendre complice de leurs premiers envols. Ces fleurs de la guerre gardaient une fraîcheur et une spontanéité qui me ravissaient. Longtemps confinées dans leurs villages (toute leur vie, en somme), longtemps effrayées par les bombes et ne se sentant en sécurité qu'entourées de leurs familles, elles aspiraient tout à coup à tâter de la liberté. Et dire que d'autres jeunes, ailleurs, n'ignoraient plus rien des abominations de ce monde.

A peine mon coquelicot était-il parti que le téléphone sonna. Puis ce fut de nouveau la porte.

« C'est pire qu'au collège, maugréa Milad. Puisqu'ils ont la messe, ce soir, pourquoi ne te laissent-ils pas tranquille ? Qu'est-ce qu'il voulait, celui-là ? Il te voit tout le temps. Il ne pouvait pas attendre ce soir pour te demander d'être enfant de chœur ?

— Tu n'as jamais été enfant de chœur ?

— Non.

— Ça te plairait ?

— Non. Sauf, peut-être, pour tenir l'encensoir. J'aimerais en tenir un.

— Allons à l'église.

— Non. Tu sais que je n'aime pas les églises.

— C'est pourtant le seul endroit où nous pourrions être tranquilles. Je voulais surtout te montrer la sacristie.

— Qu'est-ce qu'elle a de particulier ?

— Un encensoir.

— Oh !... Tu me l'allumerais ?

— Oui. »

Il trempa ses doigts dans le bénitier, se signa et fit une superbe génuflexion.

« Tu te tiens bien pour quelqu'un qui n'aime pas les églises, remarquai-je.

— Je fais comme tout le monde. Ce n'est pas que je n'aime pas les églises, chuchota-t-il. Elles me font peur. C'est là qu'on fait les enterrements, parfois des vingt à la fois. Je les ai vus. C'est pire qu'un cimetière. C'est ça, ta sacristie ? »

J'allumai une rondelle de charbon.

« Tiens, dis-je. Pose ces grains d'encens par-dessus et souffle.

— Ça sent bon, renifla-t-il. Et maintenant, je remplis l'encensoir ?

— Oui.

— Et je peux le balancer comme je veux ?

— Oui. »

Il déambula dans la sacristie, pompeux comme un maître de cérémonie, et encensa les armoires, la table, le lavabo, les chaises, la fenêtre et la porte (daignent les puristes nous pardonner !) en modulant des *Qâdichat Alloho*[1] d'une voix si pure, que je crus un instant qu'elle me parvenait directement du ciel.

« Étrange que tu n'aies pas été sélectionné pour la chorale, ne pus-je m'empêcher de remarquer.

— Pas étrange du tout, répliqua-t-il. Le jour de la sélection, j'ai forcé la voix et j'ai chanté faux. Je ne voulais pas être dans la chorale. Ce n'est pas toi qui as fait la sélection des huitièmes et je ne te connaissais pas encore.

— Tu chantes les prières en syriaque ?

— Je connais toute la messe par cœur et toutes les antiennes à tous les saints, en syriaque et en arabe. Mais je ne les chante jamais à l'église. La vieille ne sait pas que je les connais. Elle dit que je suis un païen. Je ne les chante que dans la mer. Mais depuis que je t'ai vu, je n'aime que tes chants. La vieille

1. « Saint est le Seigneur » en syriaque.

aussi les aime. Avec la voisine, elles disent que c'est une chance que je sois chez toi.

— Pourquoi l'appelles-tu « la vieille » ?

— Parce qu'elle a au moins mille ans. Je ne sais pas. Il y a dans ses yeux un brouillard qui fait qu'on dirait qu'elle a mille ans.

— Pourquoi ne l'aimes-tu pas ? demandai-je très doucement. »

Il posa l'encensoir sur la table et s'assit par terre, ses bras enserrant ses genoux.

« Je ne sais pas si je l'aime, dit-il de sa voix de monologue. Entre elle et moi, il y a un... une distance. Oui, c'est ça : un espace vide. Je ne peux pas t'expliquer. Si j'avais connu les... mes parents, peut-être qu'ils nous auraient raccrochés. Elle les voit et moi, je ne vois rien. Ils sont entre elle et moi, mais ils sont à elle seule. Ils n'ont jamais été à moi. Je voudrais que quelqu'un soit à moi, entièrement, sans être à quelqu'un d'autre.

— Ta grand-mère est à toi seul, Milad.

— Elle est autant aux morts qu'à moi.

— Elle t'aime.

— Je te dis que quand elle me regarde, elle voit des morts. Mais peut-être qu'elle m'aime parfois sans eux. Ces temps-ci, je me rappelle des choses, qu'avant je n'y faisais pas attention.

— Peux-tu me dire lesquelles ?

— Quand on avait presque rien à manger, elle disait qu'elle n'avait pas faim et elle me laissait tout. Elle travaille pour moi. Elle allait loin pour ramasser du bois et allumer du feu, les soirs d'hiver. Elle me laissait la seule couverture qu'on avait. Elle me laissait tous ses bouts de chandelles pour que je lise. Elle demandait des livres à n'importe qui, pour que je lise. C'est maintenant que j'y pense. Mais elle est vieille, cria-t-il avec un sanglot dans la voix. La mort est sur elle. Je le SENS. Elle doit le sentir aussi, puisque les voisins lui disent de ne pas s'en faire, qu'ils s'occuperaient de moi. Ils n'ont pas d'enfants. Mais je ne veux pas qu'ils s'occupent de moi. Je n'ai pas besoin d'eux. Non, reste où tu es, n'approche pas, ne me touche pas. La vieille, elle aime des morts, et toi, tu aimes des milliers d'enfants. Je voudrais quelqu'un pour moi tout seul, au moins pour une minute. N'approche pas ! Je ne t'entends plus et je ne te vois plus ! Je n'ai pas besoin de toi ! Un jour, la baleine de Jonas m'avalera. En trois jours, elle fera le tour des mers et des océans. Elle me montrera tous les rivages et comme aucun ne me plaira, elle se fera pousser des ailes et me déposera sur la lune. Là-haut, il n'y a ni bombes, ni morts, ni cimetières. Il y a tout le temps de la lumière. Je veux y aller. Oh ! comme je voudrais y aller. Si seulement cette baleine existait... »

Il oscillait d'avant en arrière, les yeux fermés, la tête dans ses mains. Je le pris contre moi et le berçai en silence, et il se laissa porter comme s'il se laissait porter par la mer, incroyablement absent, en dérive sur ses océans de solitude.

Comment extirper la peur et la mort de ce cœur d'enfant, né au bord d'une tombe ? Je ne pouvais que lui donner ma tendresse. Oh ! Dieu, combien étions-nous à donner de la tendresse, pour combien qui ne savaient, qui ne voulaient que donner la mort ?

« Milad, demandai-je au bout d'un long moment, te souviens-tu de notre première rencontre sous la pluie ?

— Oui, dit-il, mais je ne sais plus si la pluie me connaît.

— Pourquoi m'as-tu parlé, ce jour-là ?

— Parce que tu m'as regardé pareil que tu regardes les autres.

— Mais encore ?

— Parce que j'ai SENTI que je pouvais tout te dire.

— Pourquoi, Milad ?

— Je ne sais pas. Je SENS les choses, tu le sais bien.

— Si, Milad, dis-le ! Tu as senti que j'étais venu dans la cour tout exprès pour toi. Tu as senti tout de suite que je t'aimais.

— Oui, tu es venu pour moi. Mais tu ne me connaissais pas ?

— Et pourquoi reviens-tu directement à moi, après chacune de tes fuites ?

— Parce que la première fois, je t'ai vu au bord de la mer. Tu avais arrêté ta voiture et tu me regardais.

— Et tu as senti que je t'aimais et que je pouvais être tout à toi.

— Mais tu es à mille autres.

— A toi, entièrement. Et à mille autres, entièrement. Tu habites mon cœur, Milad. Tu l'habites tout entier. Et tu habiteras des milliers d'autres cœurs, pour peu que tu fasses aussi du tien une maison pour les autres.

— Je ne peux pas faire de mon cœur une maison. Il est plein de bombes et de morts. Et qui veux-tu que j'y mette ? Il n'y a même pas l'image de mes parents. Il n'y a rien que la guerre. « Jésus est dans mon cœur », qu'ils prient les autres. Comment est-ce qu'ils le sentent ? Comment est-ce que tu le sens, toi ? Oui, je sais. Dans un de tes chants, tu dis : " Seigneur, ton cœur est ma patrie, il fait bon y habiter. " Ce n'est pas vrai que j'aime tes chants. Ils sont en dehors de moi et je ne les comprends pas. Moi, je ne veux pas quelqu'un que je ne vois pas. Il y a des trous dans mon cœur. Des trous comme des tombes. Des trous noirs comme les tabernacles.

— Viens, Milad. Je vais t'ouvrir le tabernacle.

— Non ! cria-t-il. Il n'y a pas de raison.

— Je voudrais tant que tu n'aies plus peur. Je voudrais tant que tu sentes autre chose que des morts et des tombes. Puisque nous sommes là, nous pourrions commencer par le tabernacle.

— Et si quelque chose en sortait ?

— Comme quoi ?

— Je ne sais pas. Quelque chose qui m'étranglerait pour me punir.

— Te punir de quoi, Milad ?

— De mille choses. De ce que je dis qu'il n'y a rien, là-dedans, ni au ciel, et que peut-être il y a quelque chose qui se vengerait ? Après tout, peut-être qu'il y a un endroit par lequel on peut rentrer dans le ciel, comme on rentre dans la mer. C'est vrai que quand on rentre dans la mer, ça ne laisse pas de trace. Peut-être que c'est pareil pour le ciel. Mais tu ne comprends pas ? Je ne veux pas que mes parents soient au ciel. Je déteste le ciel. Je veux qu'ils soient là, et que je puisse les voir.

— Viens, Milad. N'aie pas peur, je te porterai.

— Tu ne m'y obliges pas, n'est-ce pas ?

— Tu sais bien que non.

— Si tu me portes, je veux bien essayer. Je pense... je pense que s'il y avait quelque chose qui voudrait me punir, tu n'ouvrirais pas cette porte. Toi, tu ne m'as jamais puni, même quand tu aurais dû. Tu... tu me connais, n'est-ce pas ? Tu ne veux pas qu'on me fasse peur, n'est-ce pas ? Dis que tu me connais. Dis que tu ne veux pas qu'on me fasse peur. Un jour la baleine... »

Mais il n'alla pas au bout de son histoire. Il n'appela pas la baleine ailée qui devait l'emporter ailleurs...

Pour tout recommencer...

Pour abandonner enfin, sur les rivages où il n'avait senti que mort, ce poids en lui qui n'était qu'une grande clameur d'absence, de peur et de désarroi...

Pour renaître enfin de quelqu'un de vivant, dans des espaces sans fin et sans déchirements, lumineux comme des chemins de lune, coulées de sève pour un arbre qui porterait enfin mémoire et visages...

Et voix pour porter jusqu'aux étoiles, le chant éblouissant de la vie.

Oh ! ce regard d'attente, levé vers moi.

Oh ! cette angoisse que j'aurais voulu pouvoir effacer d'un simple glissement de paume sur ses paupières.

« Dis que tu me connais, répéta-t-il. Dis que tu ne veux pas qu'on me fasse peur. »

Oui je te connais, petit bonhomme.

Non, je ne veux pas qu'on te fasse peur.

S'il ne tenait qu'à moi, s'il ne tenait qu'à ceux qui vous aiment, aucun enfant au monde n'aurait faim de tendresse. Aucun enfant au monde ne connaîtrait la peur.

Je le portai tout contre le tabernacle et ouvris la petite porte.

« Il n'y a que le calice, s'étonna-t-il. Et il ne fait pas vraiment noir, là-dedans. Je peux y entrer ma main ?

— Oui.

— Alors, tiens-la-moi, parce que tout seul, j'aurais encore peur. C'est peut-être tranquille, là-dedans, mais c'est tout de même une prison. Pourquoi est-ce qu'il n'y a pas au moins une petite fenêtre ? Dis, pourquoi fais-tu parfois des signes de croix sur les fronts des enfants ? Quelqu'un t'en faisait, quand tu étais petit ?

— Oui, et même quand j'étais grand.

— Qui ?

— Ma mère.

— Elle est morte pendant la guerre ?

— Non. Quelques années avant. Elle était très malade.

— Et ton père, c'est une bombe qui l'aurait écrabouillé ?

— Non. Il est mort accidentellement. Il est tombé de la terrasse de notre maison et s'est brisé la colonne vertébrale. J'avais onze ans. Mon plus jeune frère avait à peine deux ans.

— Ne me parle pas de tes frères. Il n'y a

que les parents qui m'intéressent. Tu as pleuré ?

— Oui. Beaucoup.

— Tu étais avec lui ?

— J'étais à l'école. C'est le directeur qui me l'a annoncé. Il a commencé par me parler de l'accident, mais je l'ai interrompu en disant : “ Il est mort. ” Je l'ai senti tout de suite.

— Tu vois qu'on sent les choses ? Et ça t'a fait un... un choc ? Un très grand ?

— Oh, oui !

— Tu te souviens de lui ?

— Bien sûr.

— De son visage et de sa voix ?

— De son visage, oui, mais j'ai perdu sa voix.

— Et la voix de ta mère, tu l'as aussi perdue ?

— Non. Je leur parle souvent.

— On ne parle pas aux morts, frissonna-t-il, ça fait trop peur. Raconte-les-moi. On peut s'asseoir sur les marches de l'autel ? Tu me diras comment ils t'aimaient, comment ils te regardaient, et tout, et tout... »

Nous nous assîmes sur les marches de l'autel. Il ferma les yeux et appuya sa tête contre mon bras.

« Commence, supplia-t-il. J'ai tellement

besoin de savoir. Je ne regarde jamais les autres enfants, quand ils sont avec leurs parents. Ce n'est pas que je ne veux pas qu'ils soient contents, mais ça me retourne, là-dedans, comme quand on mange quelque chose qui rend malade, et c'est encore mille fois pire. Parfois, je crois que je vais m'évanouir. Dis, c'est comment d'être assis sur les genoux de sa maman ? »

Comment lui dire la tendresse, semeuse de vie *en toujours,* qui vous fait cœur nourricier, pour toutes les faims de la terre ?

Comment lui dire le bonheur, plus porteur de lumière qu'un soleil levant ou un chemin de lune ?

Comment lui dire la paix, qui donne aux mains tendues, leur poids de plénitude et de fraternité ?

Comment lui dire l'ineffable, qui donne mémoire de tendresse, pour égrener l'espoir sur les chemins de croix ?

« Seigneur, priai-je, nous voici tout près de toi. Donne-moi ta voix pour que lèvent, dans le cœur plein de trous de ce petit enfant, des moissons de *présences* pour sa quête de tendresse. »

A mon tour je fermai les yeux et lui racontai les visages et les voix du bonheur, tels qu'il voulait les entendre, en mots ailés, en mots chantants, en mots arcs-en-ciel, palpitants et soyeux comme berceuses de maman.

« C'est beau, murmura-t-il, lorsque je me tus. C'est trop beau. C'est des choses comme ça qui peuvent remplir un cœur. Comment parles-tu à tes parents ?

— Comme je te parle à toi. Comme je parle à Dieu.

— Mais... ils ne peuvent pas te répondre ? Tu ne peux pas les entendre ?

— Ils me répondent dans mon cœur. Je les entends dans mon cœur.

— Parce que tu les connaissais avant, peut-être ? Parce qu'il n'y a pas de trous, dans ton cœur ? Est-ce que tu vas sur leurs tombes ?

— Oui, assez souvent.

— Je ne sais pas où est la tombe de mon père et je ne veux pas le savoir. Mais une fois, la vieille m'a emmené sur celle de ma mère. J'ai tellement tremblé, qu'elle n'a plus recommencé. Dis, je sais que toi, tu n'as jamais vu la mort sur moi ou autour de moi. Mais quand tu me touches, est-ce que tu la sens ?

— Oh, non ! Sûrement non !

— Qu'est-ce que tu sens ?

— Je vois et je sens un petit garçon merveilleusement vivant, qui appelle le bonheur de toutes ses forces. Je te sens là, dans mon cœur.

— Pas dans ta tête ?

— Non. Dans mon cœur.

— Il y a une différence ?

— Immense. Tu le comprendras quand tu feras passer tout être et toute chose de ta tête à ton cœur.

— Oui, peut-être, dit-il en penchant sa tête comme s'il écoutait une voix venue de très loin. Et peut-être bien que je suis merveilleusement vivant. »

*

L'inflation — pourtant encore à ses débuts — plongeait tous les jours un peu plus de gens dans la misère. Un grand nombre de familles qui jusqu'alors avaient donné sans compter, se virent contraintes de demander assistance. Se nourrir, se soigner, aller à l'école devenaient luxe suprême. « Nous pouvons encore faire pousser des légumes, disaient les parents, mais nous ne pouvons faire pousser des livres, des cahiers, des crayons et des médicaments. »

Beaucoup vendirent leurs terrains, leurs tapis et bien d'autres objets précieux... remède momentané qui rendait l'avenir encore plus précaire.

Malgré tout, l'élan de générosité, loin de céder au désespoir, s'intensifia à l'approche de Pâques. Et, de même qu'à Noël, les dons affluèrent.

L'aide des amis d'outre-mer nous fut

infiniment précieuse et réconfortante. Mais que dire des lettres, dessins, cadeaux et témoignages d'affection des enfants de certaines écoles de France, sinon qu'ils furent nos plus beaux rayons de soleil ?

O petits frères de France, c'est avec les grains de blé de vos sacrifices, offerts pour un partage de fête, que j'avais célébré la messe de Noël dans ma paroisse. Vous étiez là, avec nous, appelant la paix de toutes vos forces. Et votre sourire, joint à celui de nos enfants, scintillait d'espérance, comme l'étoile de la crèche.

Alors que je n'avais lancé aucun appel, Milad m'apporta trois livres de contes et un taille-crayon en forme de voiture.

« C'est tout ce que j'ai, dit-il. Ces deux livres, c'est les cadeaux des voisins, à Noël. Celui-là et le taille-crayon, c'est les cadeaux de la téta. Les voisins envoient deux pulls et la téta envoie un tee-shirt pour des plus pauvres que nous. Voilà. Je suis content de donner.

— Tu ne veux rien garder pour toi ? demandai-je le cœur serré de le voir si petit et si démuni.

— Non, dit-il. De toute façon quand la

téta partira, je n'aurai même plus une maison pour dormir. Alors, où est-ce que je mettrai les livres ?

— Les voisins seront là, Milad. Et moi aussi.

— Ça changerait quoi ? Une vraie maison, c'est là où il y aurait un papa et une maman. Alors on s'en ficherait des murs et des portes. On n'en aurait plus peur. Et puis toi, tu n'es jamais au même endroit. Un jour au collège, un jour en paroisse, un jour chez tes enfants, un jour en voyage... et je ne ferai que t'attendre. Tu dis que je suis ton vagabond de la lune, mais tu es aussi vagabond que moi. On devrait s'évader ensemble. On irait dans un endroit désert, là où on serait sûrs qu'il n'y aura jamais de guerre. Non, ne dis rien. J'aime imaginer des choses. Oh ! avant que j'oublie, la téta dit que peut-être avant Pâques, elle pourrait encore envoyer quelque chose. Elle travaille beaucoup, tu sais ? Elle dit que c'est pour mon avenir. »

La générosité des pauvres, il faut l'avoir palpée pour comprendre ce qu'elle exige de privations réelles, d'amour et de présence à d'autres pauvres, encore plus démunis.

Je me souviens de ce père de famille nombreuse, qui parvenait tout juste à joindre les deux bouts. « J'ai fait des heures supplémentaires, me dit-il, et à la maison, nous nous sommes privés de viande pendant tout le carême. Avec ma femme et mes enfants, nous avons pensé offrir nos économies aux plus démunis. Nous, nous avons la chance de n'avoir pas perdu notre maison et nous voulons que nos enfants apprennent à partager. »

*

Autrement plus émouvante fut la visite d'un papa, un peu trop porté sur l'arak. Tous les soirs, sa bouteille sifflée, il servait à son petit garçon des propos incohérents et finissait par le gauler comme une branche de noyer. Le petit arrivait à l'école avec des devoirs bâclés et un air de chiot apeuré. « Il ne travaille pas, se plaignirent ses professeurs. Aucun encouragement, aucune remontrance n'ont de prise sur lui. Il est pourtant très éveillé. » Je l'attendis, un matin, dans la cour du collège. Son trottinement éperdu me fendit le cœur. La cloche venait de retentir et il craignait, sans doute, de louper son rang. Je lui souris et lui tendis les bras. Il ralentit sa course, hésita, regarda les rangs, poussa un énorme soupir et courut se blottir contre moi. Je le portai jusqu'à mon bureau... où il me sanglota sa peine. Je le ramenai en classe et téléphonai à son père de bien vouloir m'accorder un entretien.

Les pères libanais ont un point extrêmement vulnérable : leurs enfants. Dans certains cas, cependant — rares, heureusement ! —, il faut les gauler à leur tour (verbalement, s'entend !) pour les amener à regarder leur progéniture autrement que comme « défouloir » à portée de main.

« Je ne pensais pas l'effrayer à ce point, larmoya le père. La guerre, les soucis... Je te jure qu'il est la prunelle de mes yeux... Plutôt mourir que de lui faire mal... »

Je lui rétorquai que son fils avait bien plus besoin de lui vivant... et aimant...

A ma grande surprise, il revint me voir, un mois plus tard.

« Voilà, dit-il, je t'apporte le prix de l'arak que je n'ai pas bu, ce mois-ci. C'est pour aider un autre enfant. Le mien, inchallah, qu'il vive dans la paix et le bonheur ! a eu dix à sa dictée d'hier. Ma femme t'envoie sa reconnaissance et des gâteaux qu'elle a faits elle-même pour ajouter aux sandwichs, puisse Allah ramener les sans-logis dans leurs maisons et mettre sa paix dans les cœurs ! Quant à moi, Abouna, je te jure qu'Antoun, mon fils, n'aura plus jamais à se plaindre de son père. »

*

Carême entre la paroisse et le collège, journées de récollection, chemins de croix du vendredi, causeries radiodiffusées, préparation des examens de fin de trimestre, problèmes aggravés par le marasme économique, réunions de toutes sortes, accueil, accueil, accueil... je n'avais plus beaucoup de temps pour mes petits. Je les « regardais » toujours, comme disait Milad, mais alors qu'Antoun m'offrait tous les matins un sourire lumineux, mon vagabond suivait les méandres de ses rêves et de ses peurs, à peine plus présent aux autres que par le passé. Il avait changé de planète, mais il flottait toujours, le nez bien plus dans les nuages que dans ses chers bouquins. En effet, il ne lisait plus pendant les récréations. Je le vis se promener, deux ou trois fois, en compagnie de Leyla qui babillait... babillait... babillait... tandis qu'il arborait un air de gourou traîné, à son corps défendant, sur un champ de foire.

« Elle m'empêche de penser, me confia-t-il entre deux portes, et j'ai trop de choses à réfléchir, ces temps-ci. Hier, j'ai parlé à mes parents.

— Vraiment ?

— Ne fais pas semblant d'être étonné. En tout cas, ils ne m'ont pas répondu. Non, pas l'ombre d'un chuchotement. Mais... j'ai senti quelque chose dans mon cœur, un peu comme quand je te parle. Peut-être que je l'ai seulement imaginé, mais peut-être que non. Je ne sais pas. Mais peut-être qu'un jour, j'essaierai de parler à Dieu. »

J'aimais ses « peut-être » autant que ses « bon ! » qui m'ouvraient de plus en plus grand sa lucarne. Il n'appelait plus sa baleine, mais il lui arrivait de l'évoquer avec une étrange nostalgie. « Tu comprends, m'expliqua-t-il, elle me faisait croire qu'elle me sortirait de cette terre, sans que je sois avec des morts. Elle me faisait croire que je pourrais toujours vivre dans la lumière, sans que je meure et qu'on me mette dans une tombe. Il paraît qu'en Inde, on éparpille les cendres des gens dans le Gange. Je l'ai lu dans un livre et j'ai même vu un reportage, à la télévision. Je préférerais qu'on m'éparpille dans la mer, et pas qu'on m'enfouisse avec les morts. Mais peut-être qu'au ciel, les morts redeviennent vivants ? »

Il baignait encore dans la mort, mon tout petit bonhomme, mais ses « peut-être », par-delà leur extrême réserve, énonçaient clairement la vie.

« Aimerais-tu faire partie de la chorale ? lui demandai-je quelques jours plus tard, toujours entre deux portes.

— Bien sûr que non, s'indigna-t-il, puisque ce n'est pas toujours toi qui les entraînes. Personne ne sait que je chante et la téta s'étonnerait. Elle m'obligerait à chanter dans l'église où elle me traîne. Peut-être l'année prochaine. Mais l'année prochaine, je SENS que toi et moi, on sera nouveaux, quelque part ailleurs.

— Peut-être que tu l'imagines seulement, parce que tu en as peur.

— Non ! Oh, non ! Tu sais bien que je SENS des choses. Toi, tu dépends de l'évêque, je le sais parce que je me suis informé. Oui, la téta me l'a dit. Moi, je dépends de la mort. Elle est là. Elle est de nouveau autour de moi et ça me fait très peur. »

Il ferma les yeux et porta ses mains à ses oreilles.

« Milad, appelai-je, bouleversé par la reprise de son processus de retrait. Milad, regarde-moi !

— Oh, je t'entends ! gémit-il. Je t'entends et je te vois. Je te vois même avec les yeux fermés. Voilà, c'est passé. Peut-être que seulement j'imagine des choses. Pourquoi ne me racontes-tu pas ta visite à la téta ? Elle t'a parlé de moi ?

— Aimerais-tu que je lui répète ce que tu me dis ?

— Bon, j'ai compris. Mais n'est-ce pas qu'elle a au moins mille ans ?... Je te posais la question parce que maintenant, elle me parle de mes parents. On dirait qu'elle n'a plus peur de m'en parler... Tu sais à qui je ressemble ?... Non ?... A mes deux parents à la fois. Mais ça ne me donne pas le visage de chacun, soupira-t-il. »

*

A Pâques, au grand étonnement de ses professeurs et... l'avouerai-je ?... à mon immense joie, les notes de Milad ne franchirent pas la moyenne. Cela signifiait qu'il quittait enfin sa bulle sans amarres, et que le temps de « resservir-ce-que-ma-mémoire-avale-pas-même-besoin-de-comprendre » était bel et bien révolu. « J'ai trop de choses à réfléchir, ces temps-ci », m'avait-il affirmé, exprimant ainsi sa difficile mais combien passionnante exploration de la vie.

« Que veux-tu, ma mémoire pense trop, s'excusa-t-il lorsque je lui remis son carnet. Elle n'a plus beaucoup de temps pour la lecture et les études. Je ne te raconte pas de craques, je te le jure. Tu me crois, n'est-ce pas ? Et tu comprends, aussi ? »

Oh, oui ! Je comprenais et j'étais heureux... mais heureux !

« Tout de même, fis-je, très directeur d'école, tu as un peu trop dégringolé. »

Il se tirailla les oreilles, plissa son petit nez, s'assit sur ma chaise, se releva et finit par avouer :

« Ce n'est pas toi qui me tracasses. C'est la téta. Elle travaille tant pour moi.

— Serais-tu par hasard en panne d'explications ? m'étonnai-je.

— Oh, non ! Bien sûr que non ! D'autant que les notes qui boitent, ce n'est pas tant avec les enfants que les familles en discutent. C'est avec le directeur et les professeurs. J'ai assez vu de parents, ici, les jours de permanence des professeurs. Ils finissent toujours par passer dans ton bureau. C'est donc toi qui expliqueras à la téta. Seulement... c'est drôle... je n'ai plus tellement envie de lui mentir. Je ne veux rien lui dire, mais je ne veux plus lui mentir.

— Je comprends, petit bonhomme. Mais il faudrait te rattraper, puisque tu ne veux pas non plus redoubler.

— Ne t'en fais pas ! J'ai dégringolé, mais j'ai quelques moyennes, non ? Si seulement tu savais combien tout cela m'est égal.

— Pourquoi, Milad ?

— Tu le sais très bien, mais tu fais toujours semblant de ne pas comprendre mes pensées. Bon !... Je fais des déménagements. Ne hausse pas tes sourcils. J'essaie de faire passer les choses de ma tête dans mon cœur. Tu as dit qu'il y avait une différence immense. Tu vois, les choses dégringolent comme mes notes, mais j'ai l'impression d'être vivant autrement. J'essaie, comme tu m'as dit, de regarder, d'entendre, de sentir avec mon cœur, mais je ne vois pas encore la différence. Peut-être que je m'y prends de travers, mais je voudrais tant être comme tu me vois : merveilleusement vivant.

— Tu l'es, petit bonhomme.

— Peut-être. Je n'ai pas encore réussi à caser deux personnes dans mon cœur. C'est impossible et je ne comprends pas comment tu arrives à entasser tant de gens dans le tien. Un cœur, c'est pas plus grand qu'un poing. Et regarde mon poing, comme il est petit.

— Un cœur, c'est plus grand que tout l'univers. Ça n'a pas de limites et je sais que tu le comprends très bien.

— Bon !... Quelqu'un est installé dans le mien. Mais ce quelqu'un me fait mal. Tu me fais mal, parce que tu vas partir, et je n'aurai que ton ombre, là-dedans, comme mes parents. Mais au moins, j'aurai ton visage et ta voix.

— Milad, que sens-tu exactement ? Tu peux me le dire ?

— Je sens qu'on va quitter ce collège. Quand je ferme les yeux, en classe ou dans la cour, je ne nous y vois plus. Alors, ça m'est égal d'avoir de mauvaises notes. Je ne retournerai plus à l'école. Pour la téta, je peux te refiler des arguments, des fois que tu serais embarrassé pour lui expliquer.

— Expliquer quoi ?

— Mes notes, voyons !

— Je suis curieux de t'entendre.

— Parle-lui de croissance. Regarde mon tablier. A la rentrée, il m'arrivait sous les genoux. Regarde maintenant. Il est bien au-dessus. Et regarde les manches. La croissance, ça perturbe les enfants.

— Encore tes livres ?

— Ils me donnent des réponses pour tout, sauf pour... tu sais quoi. C'est tout de même bizarre que je ne veuille plus mentir à ma grand-mère. Peut-être parce que je sens qu'elle va partir ?

— Ne serait-ce pas plutôt parce que tu l'aimes ?

— Je ne sais pas. Peut-être qu'il faudrait quand même que je lui dise que je l'aime, avant qu'elle parte. C'est une chose que je n'ai encore jamais dite à personne. En tout cas, je ne la déteste plus, et peut-être que je ne la détestais pas pour de vrai. Peut-être que, seulement, je me l'imaginais. »

*

A la rentrée de Pâques, Milad, encore plus solennel qu'à Noël, me tendit la main.

« *Al Massih qâm*... Christ est ressuscité », dit-il dans la plus pure tradition orientale.

Je répondis de même :

« *Haqan qâm*... Il est vraiment ressuscité ». Alors, petit bonhomme, as-tu passé de bonnes vacances ?

— Horribles ! Je n'aime pas les lavements des pieds, je n'aime pas l'enterrement du Christ, je n'aime pas les reposoirs, je n'aime aucune cérémonie parce qu'elles sont tristes et la téta m'y a remorqué sans me demander mon avis. Et toi, tu as fait un lavement des pieds en paroisse ?

— Oui.

— Avec les enfants qu'on avait ramassés sur la route, le jour de ma promenade ?

— Quelques-uns, oui.

— Celui qui a voulu conduire, il y était aussi ?

— Oui. Il représentait saint Pierre.

— Ce saint Pierre, quel trouillard, tout de même. Moi, je ne t'aurais jamais renié... Non, ne l'excuse pas. Ne me dis pas qu'il a regretté. C'est peut-être vrai, mais c'est un trouillard... Tu sais, j'ai quand même eu le temps d'aller nager. C'est drôle, mais la mer ne me porte plus. On dirait qu'elle sait que je vais la quitter. »

Que racontait-il encore ? Il m'avait paru plus détendu, avant les vacances, « autrement vivant », selon sa propre expression, occupé à « caser » les êtres et les choses dans son cœur. Je l'observai attentivement. Son angoisse n'était pas feinte. Je me remémorai les paroles de sa grand-mère : « Milad a vu trop d'horreurs et trop de morts. De part et d'autre, tous les enfants en ont trop vu. Si nous, adultes, n'arrivons pas à comprendre et à admettre, que dire des enfants ? Ma bru est morte de chagrin et d'épuisement en mettant Milad au monde prématurément. Son mari, mon fils, avait été tué sous ses yeux, trois mois après leur mariage. Mes trois fils et mon mari ont été tués de la même manière. J'ai essayé de tenir le coup, pour elle et pour l'enfant à naître. Mais la douleur, le froid, la faim, les longues fuites dans la peur... elle était jeune et frêle... et elle est partie. Il me reste de la famille, des cousins, mais Milad les ignore. A ses yeux, ils n'existent pas. Le monde entier n'existe pas. On m'avait conseillé de le montrer à un spécialiste, mais à ce compte-là, tous les enfants de la guerre devraient passer par des spécialistes. Or nous savons ce qu'ils ont. Ils sont terrorisés. Un médecin peut-il enlever la peur d'un enfant, quand tous les jours il pleut des bombes, autour de lui, et que tous les jours il voit des maisons et des êtres s'écrouler ? Et peut-il lui rendre ses parents ? Si Milad avait connu les siens, si j'avais pu lui montrer des photos... mais rien. C'est le vide absolu et c'est cela qui le ronge. Lui parler de ses parents, Abouna ? Lorsqu'il m'interrogeait, je ne pouvais supporter la folie de son regard. Oui, Abouna, la folie. Il m'a dit une fois : « Est-ce que papa était comme ces morts noirs [il voulait dire : calcinés] qu'on a vus ce matin ? » Pouvais-je lui décrire son père baignant dans son sang ? Je lui dis qu'il paraissait simplement endormi. « Ce n'est pas vrai, a-t-il hurlé.

Aucun mort de la guerre ne paraît endormi. Ils sont tout noirs, et sans forme, et griffus. " »

Je pris le visage de Milad entre mes mains.

« C'est toi qui ne te sens plus porté par la mer, dis-je. Tu grandis, tu changes et tu ressens les choses différemment. Veux-tu essayer de ne plus trop penser aux départs ? Nous avons tout un trimestre, devant nous, et rien ne dit que...

— Tout le dit ! trancha-t-il violemment. Tout ! La mer était froide.

— Elle n'a pas encore assez bu de soleil.

— Tu crois ?

— J'en suis sûr.

— Pourtant, il me semble que les autres années...

— Milad !

— Bon, je veux bien essayer de ne plus penser à des choses tristes.

— Et essayer de travailler ?

— Aussi. Tu me prêterais des livres ?

— Qu'aimerais-tu lire ?

— Pour commencer, j'aimerais relire *Robinson Crusoë,* tu sais ? Ce marin qui était sur une île où il n'y avait qu'un sauvage. Et puis ensuite, *Le Petit Prince*, qui est l'histoire d'un petit garçon qui est emporté loin de la terre, et qui va de planète en planète. Parfois je rêve que je suis lui. J'aimerais porter son écharpe.

— Son écharpe ? répétai-je surpris.

— Oui. Sur une image, on dirait que c'est une aile et qu'elle se déploie pour le faire voler. Il est beau. Il a des yeux comme la mer et des cheveux de la couleur d'une plage au soleil. Il n'a pas de maison et on dirait qu'il ne connaît personne, sur la terre. On ne sait même pas d'où il vient. Et il ne parle vraiment, je veux dire avec... avec... son cœur, qu'au renard et à la rose. Je veux dire que, eux, il les écoute autrement que les gens qu'il rencontre sur les planètes.

— Comment sais-tu toutes ces choses ?

— Je sais beaucoup de choses. Il y en a que je ne peux pas dire, parce que je les sens, sans pouvoir les expliquer. Mais je te SAIS, toi. Je t'ai SU tout de suite, sous la pluie.

— Il n'y a pas que moi, Milad.

— Non, il n'y a pas que toi. Tu me l'as assez répété. Les autres, j'essaie de les connaître. Mais toi et moi, on est restés ensemble sous la pluie. Elle te dégoulinait sur le visage et tu n'as pas bougé. Alors, j'ai su que tu étais venu pour moi... Mais tu vas partir, je le sais, je le sens.

— Milad...

— Ne dis rien. Je vais essayer de ne plus y penser. Peut-être que tu as raison, et on a tout un trimestre devant nous. Si tu commences par me prêter les deux livres que j'aimerais relire, je serais très content. »

*

Le troisième trimestre fut éprouvant pour tout le monde. Habitués, en raison de la guerre, aux vacances sans fin — certaines années nous comptâmes moins de cent jours d'école, intercalant de longues semaines de claustration forcée —, élèves, enseignants... (et directeur aussi, par moments), rêvaient aux grandes vacances.

Pourtant, travail et activités para-scolaires se succédèrent à un rythme vertigineux. Programmes à boucler, cours de renflouage pour les traînards, encouragements, passages multipliés dans les classes, expositions de peinture, concerts de musique, présentation par notre troupe de théâtre de *La Montagne inspirée* de Charles Corm, premières communions, pèlerinages du mois de mai à Notre-Dame du Liban, départ des bacheliers pour les révisions à domicile, accueil des parents soucieux de l'avenir... les jours galopaient, mais les problèmes s'enlisaient et nous avions la triste impression qu'à moins d'un miracle, nous n'en étions encore qu'au début d'une guerre de cent ans.

J'accordai une attention particulière aux élèves des classes terminales. Ils préparaient sérieusement leurs examens, avec toutefois une espèce de découragement qu'il était difficile de dissiper.

Comme chaque année, ils ignoraient si la situation politique ou une recrudescence des combats leur permettraient de se présenter aux examens officiels (ils furent, une fois de plus, renvoyés à septembre pour être finalement annulés), ce qui, ajouté au marasme économique, les maintenait dans une incertitude déprimante. Leur entière scolarité s'était déroulée dans la guerre. Beaucoup savaient qu'ils ne pourraient avoir accès aux universités et, lassés d'attendre une paix que plus rien ne laissait espérer, beaucoup ne songeaient qu'à quitter le pays. Ils ne croyaient plus au retour du Liban-paradis chanté par leurs parents. Du Liban, d'ailleurs, ils ne connaissaient que quelques kilomètres carrés, défigurés d'abord par la destruction, puis par une reconstruction anarchique qui saccageait irréversiblement nos paysages. Plus de douces pentes boisées et de délicieuses vieilles maisons enfouies dans la verdure, mais un incroyable hérissement de béton d'une tristesse infinie.

L'avenir fermé, le chaos régnant, l'étalage d'un luxe effréné côtoyant une extrême misère, comment dire encore à nos jeunes qu'ils étaient le levain de leur terre, que de leur foi dépendait la survie du Liban, de leur amour, son chant, et de leur pureté, sa lumière ? Saturés de violence, écrasés par les lois des plus forts, la soif de domination et de profit des loups de la guerre, attirés comme des papillons par le clinquant d'un Occident paradisiaque qu'exaltait, à longueur de video-clips et autres mirages, la télévision, ils ne songeaient qu'à partir.

Seuls les retenaient encore les liens familiaux et les liens d'amitié, mais devant le poids croissant des sacrifices consentis par leurs parents, ils songeaient un peu plus à partir. Ils croyaient qu'ailleurs la paix, le bonheur, la liberté, la sécurité morale et matérielle, la réussite aussi facile que spectaculaire les attendaient. Ils ne voulaient plus entendre parler de martyrs (trop, c'est vraiment trop...), de cause juste ou injuste, de triomphe et de fausses promesses. Les discours des leaders, qu'ils taxaient de délire verbal, ne les exaltaient plus, et les héros que leurs aînés avaient aveuglément suivis voyaient pâlir leurs auréoles.

Ils voulaient vivre. Et vivre, pour eux, c'était clore définitivement le chapitre de leur courte histoire ; une histoire de mort sans espoir de résurrection.

Ceux qui voulaient rester malgré tout, ou partir « juste le temps de se faire un avenir » pour être en mesure de participer à la reconstruction de ce Liban qu'ils aimaient en dépit de tout, portaient sur leurs visages et dans leurs cœurs, une gravité lumineuse qui rendait tous les miracles possibles.

Mais que dire de ceux dont l'âme s'était consumée dans la violence, de ceux qui étaient revenus de tout, et savaient — ou ne savaient pas — leur enfance, leur jeunesse, leur vie entière à jamais éteintes, épaves de toutes guerres, de toutes haines, marionnettes jetées au rebut, une fois leurs ficelles brisées ?

Cette guerre avait trop duré, trop consumé. Personne n'en voulait plus, à part ceux pour qui elle était devenue source de richesses, d'honneurs et, paradoxalement, de sécurité. Ceux-là n'avaient aucune raison de partir. Le Liban et les Libanais, pensaient-ils, leur appartenaient corps, âmes et biens, passé, présent et avenir.

« Pourquoi, demandaient les jeunes, pourquoi est-il si facile d'allumer un incendie, et si difficile de l'éteindre ? Nous n'avons plus de vie dans ce pays. Mieux vaut partir. »

Je leur parlais quand même de la « vie dans ce pays », avec amour, avec confiance, avec espérance... et ils m'écoutaient avec cette soif d'amour, de lumière et d'absolu qu'ont tous les jeunes, et qu'il est criminel d'aiguiller sur les voies de la haine, des guerres qui ne sont jamais que fratricides, de la mort.

*

Le départ des grands du collège m'émut profondément. Je longeai leurs classes silencieuses, portes ouvertes sur leur premier envol, et souhaitai qu'ils choisissent tous des chemins de paix...

... Et gardent tous leur regard d'enfants

aimés, pour ne voir le monde qu'à travers la tendresse...

... Et leurs mains ouvertes, pour toujours recevoir et donner davantage de vie, de joie, de lumière...

*

Un matin de juin, une Leyla suffocante de chagrin s'abattit sur mon cœur. Je tentai de dégager son visage, trempé d'une telle abondance de larmes qu'elles dégoulinaient sur son tablier, mais elle se serra contre moi et hoqueta de plus belle.

« Là, là, fis-je, apaisant. Tu as raté tes examens ?

— Non, couina-t-elle, c'est pire.

— Tu t'es disputée avec quelqu'un ?... Non ?... Tu as été grondée en classe ?... Non ?... Quelqu'un est malade, chez toi ?... Non ?...

— Non, c'est pire.

— Comment ça, pire ? Quelqu'un est... est mort, chez toi ?

— Non, c'est encore pire. »

Je commençai à sérieusement m'inquiéter. Leyla, bonne élève, « bonne poire », ainsi surnommée par Milad, « bonne petite », ainsi surnommée par ses professeurs, « bonne nature », ainsi surnommée par son entourage, n'était pas du genre à susciter un drame ou à s'y complaire. J'attrapai une boîte de mouchoirs en papier et entrepris d'étancher le flot ininterrompu de sa douleur.

« Là, là, fis-je, toujours apaisant. Si tu es venue ici, c'est pour me confier ta peine et pas seulement l'essuyage de tes larmes, non ?

— Si.

— Alors ?

— C'est Milad.

— Quoi, Milad ?

— Il dit que tu vas partir, et lui aussi.

— C'est tout ? soupirai-je, prématurément soulagé.

— Non. Il dit que la mort est sur lui et je l'ai VUE. »

Mon inquiétude me serra à nouveau le cœur.

« Tu as vu quoi ? demandai-je, éberlué.

— La mort.

— Tu l'as vue comment ?

— Noire, et horrible, et elle veut l'étrangler.

— Étrangler qui ?

— Milad.

— Parce qu'il te l'a dit ?

— Oui.

— Leyla, écoute-moi bien. Tu sais que Milad aime raconter des histoires ?

— Oui. Il en raconte des comme dans les livres. Il ne ressemble à personne et c'est pour ça que je veux être son amie.

— Et tu n'as pas pensé que c'était une histoire de plus, pour simplement te taquiner ou te faire marcher ?

— Mais je l'aime, moi ! Ça m'est égal qu'il ne m'aime pas et qu'il me taquine. Mais la mort, c'est terrible, et quand elle est sur quelqu'un, ce quelqu'un le sent et il ne peut pas mentir. Alors, quand ce quelqu'un la voit, les autres la voient aussi.

— Leyla, ferme les yeux et réfléchis très fort. Est-ce que tu as VRAIMENT vu la mort ? »

Elle ferma ses yeux, plissa tout son visage, renifla et s'étonna :

« Non, je n'ai rien vu, vraiment rien. Mais il m'a fait très peur.

— Parce que tu l'aimes plus que les autres. Si Ziyad t'avait raconté la même histoire, qu'aurais-tu fait ?

— J'aurais ri, et Milad aussi, certainement. Milad lui aurait dit : “ Prouve-le ! ”

— Tu vois bien ?

— Alors, tu es sûr qu'il ne va rien lui

arriver ? Si les bombes reviennent, cet été, peut-être que beaucoup d'enfants vont encore mourir ?

— L'avenir n'est pas entre nos mains, mais je ne vois aucune raison de s'inquiéter.

— Et s'il ne revient pas, l'année prochaine ?

— Après trois mois de vacances, tu verras les choses... et l'absence de Milad... autrement.

— Oh, non ! Je pleurerai toute ma vie.

— J'espère bien que non ! Petite fleur, veux-tu me faire un beau sourire ? Un grand, plein de soleil, que j'emporterai avec moi pour les enfants qui n'ont pas la chance d'avoir une famille aussi merveilleuse que la tienne ?

— Oh, oui ! dit-elle avec ferveur. Quand je serai grande, j'adopterai plein d'enfants qui n'ont personne pour les aimer. »

*

J'attrapai Milad à la sortie.

« Alors, ça va ! » dis-je platement, ne sachant comment aborder la visite de Leyla sans trahir cette dernière.

Mais il attaqua d'emblée :

« Je l'ai vue sortir de chez toi. Elle croit tout ce qu'on lui dit.

— Si elle ne t'avait pas cru, tu aurais été drôlement vexé. Pourquoi lui as-tu parlé de cela ?

— Parce qu'elle se colle à moi comme un oursin sur son rocher et que ça n'en vaut pas la peine, puisque je vais partir.

— Elle avait beaucoup de chagrin.

— Et moi, alors ? Ce n'est pas parce que je ne pleure pas que je n'en ai pas. Dans quelques jours, nous serons en vacances et je ne te verrai plus.

— Je viendrai te voir, Milad. Je pars pour la France le surlendemain de la sortie, mais à mon retour, je viendrai te voir.

— Non, tu ne viendras pas. Je retournerai à la mer et je ne penserai plus à rien. C'est vrai que tu écris des livres ?

— Oui.

— Et que tu pars en France parce qu'on t'a donné des prix et que tu vas les recevoir ?

— Oui.

— Tes histoires, elles sont vraies ?

— Oui, quoique j'aurais préféré qu'elles ne le fussent pas, et qu'il n'y eût pas eu la guerre.

— C'est des histoires sur les enfants ?

— Oui.

— Que tu connais ?

— Oui.

— Tu ne pourrais pas m'écrire une histoire ? Je la lirai, puis je rentrerai dedans et elle serait peut-être ma maison. J'aimerais avoir une maison-histoire.

— Milad, je viendrai te voir, je te le promets.

— Ne promets pas des choses qui ne dépendent pas de toi. On ne se reverra plus ici, ni chez la téta. Dis ce que tu veux, mais moi, je le SENS. Je vais rentrer dans la mer et elle me fera ne plus penser à rien, et je ne parlerai plus à personne. Pourquoi est-ce que je te parle, à toi ? Pourquoi est-ce que j'ai tout le temps si envie de te parler ? »

*

Étranges les prémonitions d'un petit garçon, au cœur encore à peine éclos.

Étrange son dernier regard, au dernier matin de classe, alors qu'il me rendait le dernier livre que je lui avais prêté.

« Garde-le, dis-je. Je t'en apporterai d'autres.

— Non, répondit-il. Je ne sais pas où serai et si je pourrai l'emporter avec moi. »

Étrange son départ sous le soleil, et le signe qu'il me fit, du bout des doigts, sans se retourner, comme pour effacer ce qu'il aurait encore voulu dire, ou esquisser un repère dans le ciel... bleu... si bleu... au-dessus de tant de solitude.

Étrange le regard de Leyla, qui comprenait soudain que quelque chose venait de se briser, une première amitié non partagée, dévoilant un coin de désert dans ses bonheurs d'enfant aimée.

Elle blottit sa main dans la mienne et murmura :

« Il ne m'a même pas regardée. Il n'a regardé personne. Il n'a vu que toi.

— Tu lui en veux ? dis-je la gorge nouée.

— Oh, non ! Je l'aime, tu comprends ? Mais mon cœur me dit que pour une fois, Milad ne racontait pas d'histoires. Il ne reviendra pas. »

Étrange le silence de ma ruche, après le départ de mes abeilles, comme si quelque chose venait de s'assoupir pour ne plus se réveiller... les rires des petits, leurs appels en ronde du dimanche, leur sage trottinement, leur secrète alliance, leurs prières et leurs récitations, les discussions des grands, leur fragile assurance, leurs rêves d'avenir si pétris de crainte et leur soif de beauté, de paix et d'amour... pour toujours... toujours...

*

Le lendemain soir, veille de mon départ pour la France, j'appris ma nomination à la direction des œuvres sociales du Patriarcat. Je mis rapidement de l'ordre dans mes papiers et allai me recueillir à la chapelle. Dans mon cœur et ma prière, j'embrassai mes petits et mes grands, les bénis, longeai une dernière fois les classes désertes et gagnai le hall. Devant la Vierge, une profusion de fleurs encore fraîches me remplit le cœur d'espérance. Je priai un moment, comme je l'avais si souvent fait avec les enfants. Puis je sortis et refermai tout doucement la porte de ma volière.

Je ne regrettai pas le collège. Travailler là ou ailleurs... le monde entier est jardin du Seigneur, et là ou ailleurs, je savais que j'y mettrai tout mon cœur. En ce sens, Milad avait raison de dire que je serai toujours nouveau, partout. Mais il ne savait pas encore que partout, à chaque nouvelle étape, on emportait avec soi des milliers de visages, en semis d'étoiles pour de nouvelles moissons de tendresse.

*

Je devais regagner le Liban en août, au lieu de quoi je partis pour les États-Unis, où l'on me demandait pour une série de conférences. Les mois qui suivirent me retinrent en France, également pour des rencontres et conférences. La pensée de Milad ne me quittait pas. Je me demandais comment il avait passé ses vacances et s'il avait réintégré le collège. J'entendais sans cesse sa voix me répéter : « On ne se reverra plus ici, ni chez la téta. Ne promets pas des choses qui ne dépendent pas de toi. Tu ne viendras pas me voir pendant les vacances, je le SENS. »

Où était mon vagabond de la lune ? Plus le temps passait, plus ses craintes me gagnaient. Je finis par me persuader qu'il n'était pas retourné au collège. Selon sa propre expression : « Je ne l'y VOYAIS pas. »

Le surlendemain de mon retour, début novembre, j'allai voir mon petit bonhomme. Un samedi, je ne pouvais manquer de le trouver chez lui, d'autant qu'il pleuvait à flots. Une petite fille m'ouvrit la porte.

« Bonjour, Abouna, sourit-elle. Tu veux mes parents ?

— Non. Je crois que je me suis trompé de porte. Tu habites ici ?

— Oui. On a déménagé cet été. Tu as une image ? »

Je n'en avais pas. Je fouillai dans mes poches et trouvai une pastille de menthe.

« Ça ne ressemble pas à une image, ditelle, mais je te remercie quand même. »

Le cœur étreint par l'anxiété, je sonnai chez la voisine.

« Abouna, pleura-t-elle, tu es venu ? Tu es enfin venu ? Mon mari et moi t'attendons depuis des mois. Nous sommes allés au collège, mais on nous a dit que tu étais toujours en voyage.

— Où est Milad, parvins-je à articuler, la gorge nouée par une angoisse que je ne pouvais plus dominer.

— Sa grand-mère a été emportée par une crise cardiaque. Elle n'avait que cinquante-quatre ans et elle paraissait si vieille. Ça s'est passé très vite. Milad a été placé dans un orphelinat de montagne. »

Mon flocon des steppes, mon dauphin ivre de liberté, enfermé dans un orphelinat ? Je n'arrivais pas à le croire. J'entendais sa voix de nos premières rencontres, une voix de très vieux sage, sereine et lointaine : « Dans la mer, disait-il, il n'y a ni murs, ni portes, ni routes, ni barrages, ni maisons éventrées. Il y a l'eau, le ciel, les nuages, la pluie, le soleil... Il y a des couleurs... plein de couleurs... tu flottes et tu ne penses plus à rien. Tu n'as pas besoin de penser, parce que tu te sens léger et heureux. Quand un oiseau vole, il doit se sentir pareil. »

« Nous aurions aimé le garder, sanglotait la voisine, mais il a refusé. Tu sais comment il est. Il ne parle pas. Il secouait sa tête pour dire non, et nous ne sommes pas parvenus à lui faire changer d'avis. Et comme nous n'avons aucun droit sur lui... Mon mari et moi allons le voir de temps en temps. Il ne manifeste rien d'autre que d'impersonnels : " Merci, vous êtes gentils, il ne fallait pas vous déranger " qui nous fendent le cœur. Quand il nous voit, on dirait qu'il se raidit, comme s'il attendait quelqu'un d'autre. Nous avons l'impression qu'il est déçu et qu'il nous en veut. Il y a une sorte de désespoir dans la façon dont il vient vers nous, et nous pleurons à chaque fois. Nous ne savons plus s'il faut continuer à aller le voir, mais il faut qu'il sache que nous l'aimons et que nous serons toujours là pour lui. Dis-le-lui, s'il te plaît. »

Ô braves gens, aucune tendresse n'est jamais perdue. Un jour, il vous reviendra, mon dauphin solitaire. Il viendra à vous, parce que vous vous implantez en lui par votre obstination à l'aimer. Je le connais, mon vagabond de la lune. Un soir il rentrera chez vous comme un rayon de lune, diaphane, léger, silencieux.

Il aura toujours l'air de ne pas vous voir, parce que les êtres qu'il aimera, c'est en lui qu'il les verra, les yeux fermés, le visage offert à leur présence, comme à la pluie.

Il ne vous dira rien, parce qu'il se sera dépouillé de la peur, de l'absence et de la mort. Il se vêtira de présence et son amour sera silence et vous l'aimerez quand même,

même quand il vous quittera, sans un mot, sans se retourner, avec son sourire que vous ne connaissez pas encore, et son regard si plein d'ailleurs.

Il ira vers la mer, pieds nus, les yeux fermés, le visage offert au vent du large. Il ramassera un galet qu'il gardera longtemps dans sa paume, puis il le lancera dans l'eau et s'élancera à son tour, pour suivre l'appel cristallin d'une lune, levée pour lui tracer un chemin.

Il n'aura jamais de racines, ni au Liban, ni ailleurs. Ses pays seront nos cœurs.

Il fera le tour des mers, longera tous les rivages, y jettera son ancre... peut-être... pour un temps... mais il repartira... emporté par ses rêves... d'étoile en étoile... toujours plus loin.

Il sera poète, mon tout petit « luneux ».

Poète de la tendresse, avec des mots en perles de lune, et un cœur tout « soleilleux ».

*

A l'orphelinat, Milad donnait la même impression d'image d'Épinal qu'au collège. On me dit qu'il était sage, appliqué, propre, ordonné, silencieux, un peu timide (sans doute parce qu'il était nouveau), mais si serein. Un petit ange, en somme : appréciation qui doubla mon inquiétude.

Non, il ne jouait pas beaucoup. Il était si calme. Non, il n'avait pas de copains attitrés. Il était gentil avec tout le monde. Oui, il dormait bien. Jamais de cauchemars. Non, il ne parlait pas de chez lui. Et de qui aurait-il parlé, le pauvre enfant, puisqu'il n'avait plus personne ? Oui, je pouvais l'emmener faire un tour, quoiqu'il ne semblât pas apprécier les visites. Oui, on allait nous laisser seuls, tout de suite.

J'entrebâillai la porte du parloir qui donnait sur la cour. Dédaignant l'abri de la galerie, le petit ange avançait sous la pluie, les bras écartés, posant avec précaution un pied à plat devant lui et se dandinant un moment avant de soulever l'autre pied et de recommencer son manège. Vraiment pas pressé, le petit ange jouait une fois de plus au funambule. Je ne pus m'empêcher de rire. J'ouvris grand la porte et lançai :

« Salut, toi ! »

Il frémit tout entier, puis s'immobilisa, les bras ballants. Il ouvrit la bouche comme pour parler, mais il ferma les yeux et ne dit rien.

« Salut, toi ! » redis-je plus bas.

Il ne bougea pas. Je courus le prendre dans mes bras.

« Milad, mon tout-petit, je t'aime. Écoute, la pluie s'en va et le vent la suit. Crois-tu qu'ils reviendront cette nuit ? »

Il se serra contre moi et demanda dans un sanglot :

« Pourquoi, pourquoi as-tu tant tardé à venir ? »

Je le portai jusqu'à la voiture. Il s'y installa en boule, les yeux toujours fermés, le visage ruisselant de larmes.

« Pourquoi, répéta-t-il, pourquoi as-tu tant tardé ?

— Je ne suis rentré qu'avant-hier. Tu pleures, petit bonhomme ?

— Non. Tu sais bien que je ne pleure jamais. La téta est morte et je n'ai pas pleuré.

— Veux-tu bien ouvrir les yeux et me regarder ? Tu m'as tant manqué.

— Je te vois toujours. Je n'ai pas besoin de mes yeux pour te voir. Pourquoi as-tu tant tardé ?

— J'ai pensé à toi tous les jours. Tu le sais, n'est-ce pas ?

— Non, je n'en étais pas sûr. Surtout quand j'ai entendu dire que tu devais revenir en octobre. Je t'ai attendu... attendu... et c'est les voisins qui venaient. Jamais toi.

— Pourquoi as-tu refusé de rester avec les voisins ? Ils t'aiment fort, tu sais ?

— Parce que tu as quitté le collège. Ils m'y auraient inscrit de nouveau et je ne l'aurais pas supporté. Maintenant, ne dis plus rien, s'il te plaît. Laisse-moi seulement SENTIR que tu es là. »

Au bout d'un long moment, il ouvrit les yeux, regarda le ciel et dit :

« En ce moment, la voix de la mer est comme un grand vent des steppes, mais la pluie ne reviendra pas cette nuit. Regarde le soleil. Il a une clarté de printemps. C'est sa façon de nous dire qu'il va briller pendant des jours et des jours. Et nous, à l'orphelinat, on sera enfermés pendant des jours et des jours, et ça m'est bien égal.

— Aimerais-tu faire un tour ?

— Oui. On ne sort pas souvent, ici. On sort parfois dans les bois et je n'aime pas ça. Il paraît qu'il y a eu beaucoup de bombes, par ici. Alors, ici aussi la terre est un cimetière et je n'aime pas marcher directement dessus, je veux dire quand elle n'est pas recouverte d'asphalte ou de béton. Je n'aime que le sable, juste au bord de la mer. Emmène-moi là où on peut voir la mer, s'il te plaît.

— Elle te manque ?

— Oui, bien sûr, mais pas autant que toi.

— Ça ne va pas trop mal, à l'orphelinat ?

— Ça va. Je veux dire que ça m'est égal. Partout, c'est pareil : je n'y suis pas. Sauf au collège. J'y étais, parce que toi, tu y étais. »

Ô petit exilé, que pouvais-je dire, que pouvais-je te donner pour dissiper cette clameur d'absence et de mort, en toi, et te relier à la vie ? Tu me regardais, je te regardais, et je vis que tu savais, toi, ce que je pouvais te donner. Mon cœur était ouvert et tu y puisais à plein regard, à pleine présence, et tu réalisais, soudain, qu'entre toi et moi, aucune absence ne serait rupture et que tu pouvais enfin aborder un rivage vivant.

Il mit sa main dans la mienne et, pour la première fois depuis notre rencontre dans la cour du collège, il me sourit.

« Je t'ai apporté des livres, dis-je.

— En cadeau ?

— Oui. Et je t'en apporterai d'autres.

— Prête-les-moi, seulement. Où veux-tu que je les garde, après les avoir lus ? Je n'ai pas de maison.

— Tu en auras une, plus tard.

— Je n'en veux pas, tu le sais bien. J'aurai peut-être une barque. Et dans une barque, il n'y a pas de place pour beaucoup de choses. C'est dehors qui sera important. Pas dedans.

— C'est l'espace, tu veux dire ? Le ciel, l'eau à perte de vue, le soleil, le vent…

— Oui.

— Et les êtres, petit bonhomme. C'est important, aussi.

— Les êtres ? Quels êtres ? J'ai grandi sans mes parents. Je ne sais même pas comment ils étaient. Je pensais que je ne pourrais pas vivre sans toi, et j'y suis bien obligé... Mais je pense que tu dis vrai. Comment est-ce que j'aurais fait, si tu n'étais pas dans mon cœur ? Je serais mort, j'en suis sûr. Mais je n'ai pas besoin de maison. C'est toi qui m'as dit qu'il était plus important d'habiter des cœurs que d'habiter des maisons, et qu'on pouvait être avec quelqu'un sans le voir. Tu l'as dit mille fois. Tu l'as encore dit avant de partir, rappelle-toi. Moi, je ne suis pas ici. Je serai toujours avec toi. Mais j'aurais préféré être avec toi pour de vrai, et ne pas t'attendre des mois, et des mois. Pourquoi, pourquoi as-tu tant tardé ?

— Milad...

— Oui, oui, je sais. Mais je ne peux pas m'empêcher de te le demander, parce que pendant tout ce temps, je me le suis demandé à moi-même et j'avais si peur que tu ne reviennes pas, au moins une fois, pour me dire que j'habitais ton cœur pour de bon. Je l'ai aussi demandé à Dieu. Après, j'ai pensé qu'il devait en avoir assez d'entendre toujours la même question et rien d'autre. Alors, j'ai arrêté de lui parler. »

Je le serrai contre moi.

« Tu m'aimes ? demanda-t-il.

— Oui, Milad. Viens ! La pluie est partie. Nous allons marcher dans les bois.

— Je n'aime pas les bois. Je n'aime pas la terre. Elle ne porte que des morts. Emmène-moi là où on voit la mer.

— Tout à l'heure. Approche-toi de cet arbre. Mais avant de le toucher, mets tes mains bien à plat sur la terre.

— Non.

— Juste un tout petit peu ?

— Tu sais bien que je n'aime pas la terre. Elle n'est qu'un cimetière.

— Non ! Ecoute-la ! Elle a un c… aussi. Demain, au printemps, elle nourri… les arbres et les fleurs. Sans elle, aucun arbre, aucune fleur, ne peuvent s'élancer vers le ciel. Elle est vie, puisqu'elle donne la vie. Ecoute-la ! »

Il hésita, puis s'étendit sur l'herbe.

« Oui, je l'entends, fit-il. Mais seulement peut-être parce que tu le dis… Oh ! je crois que je l'entends vraiment. Elle a une rumeur comme la mer, mais plus en dedans. Une rumeur très, très lointaine.

— Elle aussi te porte. Et comme la mer, elle te donne le ciel. Touche l'arbre, s'il te plaît.

— Il est rugueux.

— Il est aussi vivant. En lui coule la sève,

comme en toi, la vie. C'est sur ses branches que les oiseaux construisent leurs nids. Et ils sont heureux parce que les arbres les connaissent et qu'ils connaissent les arbres. Ils se donnent bonheur et chant mutuellement, comme tout ce qui vit.

— Les oiseaux et les arbres. Les poissons et la mer. Mais il y a plein d'oiseaux qui viennent aussi jusque dans la mer. Il y a les mouettes. Et il y a les algues. Elles dansent. C'est parce qu'elles sentent la vie ? Comme les branches des arbres, au vent ?

— Oui.

— C'est vrai. Un arbre mort ne bouge plus.

— Maintenant, mets ta main sur mon cœur.

— Il bat fort.

— Parce qu'il sait qu'il rythme la vie. Mets ton autre main sur ton cœur.

— Il bat fort, aussi. Il bat comme le tien.

— Il bat comme tout ce qui aime. Il bat comme tout ce qui vit. C'est la vie que tu touches, Milad. C'est la vie que tu entends.

— Et ceux qui font la guerre ?

— Ils n'entendent plus, Milad. Ils ne touchent plus et ne sentent plus.

— Et qu'est-ce qu'on peut faire ?

— Aimer, Milad. Aimer, et vivre, et donner la vie. »

Il ferma les yeux et murmura :

« Ne dis plus rien. Laisse-moi SENTIR la vie. »

*

« Tu m'aimes ? demanda-t-il au bout d'un long moment.

— Oui, Milad, et tu le sais.

— Oui, je le sais, mais j'ai besoin de te l'entendre dire. Et je sais que tu reviendras. Et les voisins aussi.

— Voudrais-tu passer Noël avec eux ?

— Oui. Dis-leur... dis-leur que je les attends.

— Peut-être qu'ils voudraient te garder, jusqu'à ce que tu sois grand ?

— Oui, peut-être. Je crois qu'ils me connaissent. Mais dis-leur... dis-leur de ne pas me remettre au collège.

— Et ta grand-mère, Milad ?

— Tu sais, parfois je pensais qu'elle n'était pas ma vraie grand-mère, qu'elle m'avait ramassé quelque part sur la côte et que si elle ne me parlait pas de mes parents, c'était parce qu'elle ne les connaissait pas. Et des fois, je la détestais parce qu'elle pouvait les VOIR, et pas moi. Tu sais, quand elle est morte, elle paraissait vraiment endormie et c'est peut-être pour ça que je n'ai pas pleuré. Je crois qu'elle me parlait dans mon cœur.

— Et maintenant ?

— Maintenant ? Je vais la garder dans mon cœur, à côté des voisins, parce que toi, tu auras toujours une place à part. Et peut-être qu'un jour, il y aura tellement de monde, là-dedans, que j'éclaterai comme un soleil qui s'éclabousse sur la mer.

— Tu veux toujours aller voir la mer ?

— Non, pas aujourd'hui. Maintenant, tu peux me ramener à l'orphelinat. Je sais que tu reviendras me voir avec tous les autres enfants. Mais aujourd'hui, tu es venu surtout pour moi, je le sais. Arrête-toi un peu loin du portail. Je préfère rentrer seul. »

J'arrêtai la voiture « un peu loin du portail ». Il prit ses livres et me fit un petit signe de la main.

— Je t'ai apporté autre chose, dis-je. Un tout petit paquet.

— Encore un cadeau ?

— Oui.

— Il est mince et souple. Ce n'est pas un livre. »

Il l'ouvrit et déplia une longue écharpe qui se mit à flotter au vent.

« Oh ! fit-il, les yeux brillants de bonheur. Oh ! C'est l'écharpe du Petit Prince. Tu l'as rapportée de France ?

— Oui.

— Tu t'es dit : " Milad a envie d'une écharpe comme celle du Petit Prince et je vais la lui offrir parce que je sais que rien ne lui fera plus plaisir ? "

— Oui.

— Toi, alors !... »

Et il s'en fut sur ses trois points de suspension... trois immenses soleils en éclaboussures de bonheur.

*

Il s'arrêta devant le portail, enroula l'écharpe autour de son cou, se hissa sur la pointe des pieds et ouvrit ses bras comme un *éploiement* d'ailes. Puis il se retourna et revint en courant.

« Sors vite de la voiture, dit-il. Je veux te dire quelque chose.

— Oui, petit bonhomme ?
— Voilà. Je ne te l'ai jamais dit. Je ne l'ai jamais dit à personne. Je voudrais te dire que je t'aime. Je voudrais te le dire comme tu le dis aux enfants. Peux-tu te pencher, s'il te plaît ?... Encore ?... Encore un tout petit peu ?... Voilà ! »

Et il traça un signe de croix sur mon front.

Père Mansour Labaky,
Baabdat, le 26 mars 1988

Voulant manifester la fraternité qui unit tous les enfants déshérités, l'auteur abandonne tous ses droits qui seront partagés par moitié entre les deux associations suivantes :

— *Enfants du Liban :* 6, allée des Platanes, 92150 Suresnes.

— *Enfants du Mékong :* 60, boulevard du Montparnasse, 75015 Paris.

AUX ÉDITIONS FAYARD
DANS LA MÊME COLLECTION

**SUR L'ENFANCE EN AFRIQUE :**

*Les Petits Esclaves de la « zeriba »* (lecture exclusivement réservée aux adultes), Pierre Barbaix. (Sélection du Grand Livre du Mois.)

*Les Enfants de l'Apartheid*, Élise Fischer.

*Ekassi, graines d'espoir*, Philippe Hamel et Mouvement international ATD Quart Monde.

*Mauritanie : la vie réconciliée*, François Lefort et Carmen Bader. (« Mention spéciale » du Jury pour le Prix Gabrielle-d'Estrées 1990.)

*À l'écoute des enfants de la rue en Afrique noire*, Marjuvia (sous la direction de Yves Marguerat et Danièle Poitou).

*Mes fils de la rue à Addis-Abeba*, Jacqueline Pirenne.

**SUR L'ENFANCE EN AMÉRIQUE DU SUD :**

*Brésil, la guerre des enfants. Les mineurs assassinés*, Gilberto Dimenstein, co-traduction Jane Hervé.

*Les Petites Filles de la nuit. Prostitution et esclavage au Brésil*, Gilberto Dimenstein, co-traduction Jane Hervé.

*Enfants perdus du Brésil*, Henri Engelmann.

*Au plus petit d'entre les miens. Les gamins de Colombie*, Christophe Pélissié du Rausas.

**SUR L'ENFANCE AU MOYEN-ORIENT :**

*L'Enfant du Liban*, Père Mansour Labaky. (Prix de l'Académie des Sciences morales et politiques 1987, Prix Saint-Exupéry/Valeurs Jeunesse 1987, Prix Francophonie 1987, « Mention spéciale » du Jury des Droits de l'Homme 1987.) Traduit en allemand, anglais, italien et arabe.

*Mon vagabond de la lune*, Père Mansour Labaky. (« Mention spéciale » du Jury pour le Prix Saint-Exupéry/Valeurs Jeunesse 1988, Prix France-Liban 1988, Prix Lire-Élire 1989.) Traduit en anglais, italien et arabe.

**SUR L'ENFANCE EN ASIE :**

*Fils de l'I-sân*, Kampoon Boontawee.

*L'Enfer où Dieu prenait soin de nous ou quatre ans sous Pol Pot*, Rany Chan.

*Philippines : les enfants du mépris*, Jean Dallais et Élise Fischer.

*Moisson fragile. Les enfants du docteur Hoa*, Jacques Danois.

*Les Anti-Trottoirs de Manille. Pierre Tritz, père des enfants de la rue*, Jean-Claude Darrigaud.

*Les Enfants du Mékong*, Jean-Claude Darrigaud et Jean-Claude Didelot. (Sélection France Loisirs.)

*Les Enfants de Thai Binh. Nostalgies provinciales* (Tome I), Duyên Anh.

*Les Enfants de Thai Binh. Dans la tourmente* (Tome II), Duyên Anh.

*La Colline de Fanta*, Duyên Anh.

*Prisonnier de l'Angkar*, Henri Locard et Mœung Sonn.

*Les Enfants du Palais blanc. De l'Orient à l'Occident*, Somboun Narpoolmin.

*Les Petits Moissonneurs de forêt*, Christian Petit. (Prix de l'Unicef 1997.)

*Les Petits Chiffonniers de Phnom Penh. Poussières de vie* (Tome I), Jean-Claude Pomonti.

*Les Enfants de la guerre. Poussières de vie* (Tome II), Jean-Claude Pomonti.

*L'Enfant de la rizière rouge*, Sor Sisavang. (Prix Saint-Exupéry/Valeurs Jeunesse 1990, Prix Francophonie 1990, Prix Gabrielle-d'Estrées 1990, Prix Pavie de l'Académie des Sciences d'Outre-Mer, Sélection du Grand Livre du Mois, Sélection France Loisirs.)

*Enfances thaïlandaises*, Pira Sudham.

*Du Mékong à la Seine. Le prix de la liberté*, Trân Van Thêu.

*La Jeune Captive du Pathet Lao*, Souvannavong V. (Prix Tropiques 1996.)

*Iqbal, l'enfant esclave*, Richard Werly. (Hors collection.)

*Nos filleuls d'Asie*, Richard Werly et Marie-Sophie Boulanger.

*La Pagode aux enfants*, Paul-Yves Wéry. (Sélection du Grand Livre du Mois.)

**SUR L'ENFANCE EN URSS :**

*Maîtresse, Dieu existe. Les enfants dans l'étau de l'athéisme soviétique*, Sergiu Grossu.

## SUR L'ENFANCE EN EUROPE :

**Enfance en danger :**

*L'Enfant du Bois de Boulogne* (lecture exclusivement réservée aux adultes), Alexis. (Sélection du Grand Livre du Mois.)

*Eaux amères*, Germain Bourhis.

*L'Ortie* (lecture exclusivement réservée aux adultes), Arielle Caisne. (Sélection du Grand Livre du Mois, Sélection France Loisirs, Sélection J'ai lu.)

*Enfants mannequins*, Servane Cherouat.

*Qui me jettera la première pierre ?* (lecture exclusivement réservée aux adultes), Christine. (Sélection du Grand Livre du Mois, Sélection France Loisirs, Sélection Gabrielle-d'Estrées.) Traduit en italien et polonais.

*L'École souillée*, Éliane Colson-Baerts. (Sélection du Grand Livre du Mois.)

*Lâche ta drogue et tiens bon !*, Sophie Daoût.

*Demain j'arrête la came ! Christine comme une étoile*, Sophie Daoût. (Sélection France Loisirs.)

*Les Enfants des sectes*, Hayat El Mountacir. (Sélection France Loisirs.)

*La Cassure de l'inceste*, Jane Hervé.

*La Prison... et après ?*, Véronique Merci.

*Un prêtre chez les drogués*, Pierre de Parcevaux. (Sélection du Livre de Poche.) Traduit en espagnol et allemand.

*Le Silence des coups*, Lorène Russell. (Sélection du Grand Livre du Mois, Sélection France Loisirs.)

*Le Festival de la galère ou l'itinéraire du Père Hubert*, Gilbert Schlogel.

**Famille, adoption, divorce :**

*« Adopte-moi quand même... »*, Josette Dufour. (Sélection du Grand Livre du Mois, Sélection France Loisirs.)

*Apprivoiser l'absence. Adieu mon enfant*, Annick Ernoult-Delcourt.

*Deux maisons pour rien*, Père Mansour Labaky. (Prix de la Famille 1991 décerné par la Fédération de Paris des AFC.) Traduit en polonais.

*Mon fils est né au ciel*, Michel Laroche et Marie Borrel.

**Enfants de la guerre, orphelins :**

*L'Envol des Aiglons*, István Regöczi.

**AU-DELÀ DES FRONTIÈRES :**

**Handicaps et santé :**

*Le Dernier Regard de Jonathan*, Valérie Bailey.

*Mon enfant citadelle*, Thérèse Firino-Martell. (Hors collection.)

*La Vie entre parenthèses*, Danielle Gonzales. (Sélection France Loisirs.)

*Les Enfants Infirmes Moteurs Cérébraux. Des enfants avant tout*, Catherine Guéroult. (« Mention spéciale » du Jury Perce-Neige 1991.)

*Les Enfants du sida*, Jane Hervé.

*Les Enfants myopathes*, Yolaine de Kepper.

*Ces Enfants « mongoliens ». La réponse de l'amour*, Jean Toulat. Traduit en espagnol.

**Survivants et réfugiés :**

*Leur silence est un cri*, Marie-Christine Choquet et Benoît Richard.

*Passeport pour l'amitié*, Jacques Danois.

*Frères dans la rizière*, Jacques Danois.

**QUELQUES OUVRAGES DOCUMENTAIRES ET OUTILS DE TRAVAIL :**

*Guide Jeunesse. 1 000 mouvements, associations, organismes, centres, foyers, communautés, écoles*, François Marie Algoud.

*L'Exploitation sexuelle des enfants. Analyse du problème – Des solutions courageuses*, Bureau international catholique de l'Enfance, par Florence Bruce.

*Sans toit ni frontière. Les enfants de la rue*, Bureau international catholique de l'Enfance, présenté par Marie-Jeanne Coloni.

*L'Enfant au travail*, Étude du Bureau international du Travail, par Assefa Bequele et Jo Boyden.

*L'Enfant sans droits*, Alfredo Carlo Moro.

*Feu sur l'enfance*, Élise Fischer.

*Pour l'enfant. Un code de vie*, Georges Grinda avec la participation de Jacques Danois.

*Cet ouvrage a été réalisé par la*
*SOCIÉTÉ NOUVELLE FIRMIN-DIDOT*
*Mesnil-sur-l'Estrée*
*pour le compte des Éditions Fayard*
*en avril 1998*

*Imprimé en France*
Dépôt légal : mars 1998
N° d'édition : 8319 - N° d'impression : 42382
ISBN : 2-213-02211-9
35-29-7983-08/6

35-7983-6